Monika Dockter

# Weihnachtswunder in den Bergen

Erzählung

Über die Autorin

*Monika Dockter* ist Mutter von vier erwachsenen Kindern, lebt mit ihrem Mann, der jüngsten Tochter und einem kleinen Hund in Bayern und schreibt aus Leidenschaft. Kinder liegen ihr besonders am Herzen. Sie hat bereits einige Abenteuererzählungen für Kinder veröffentlicht.

Monika Dockter

# Weihnachtswunder in den Bergen

*Erzählung*

GerthMedien

# *Prolog*

Wie so oft im Leben waren es auch bei dieser Geschichte Kleinigkeiten, die die Geschehnisse in Gang brachten. Nebensächlichkeiten. Nichtigkeiten wie ein nahezu unbemerktes Komma, das dennoch Richtung und Sinn eines Satzes auf bemerkenswerte Weise zu ändern vermag.

Es war ein einzelnes Wort, dahingesagt, ohne ihm weitreichende Bedeutung zuzumessen, das einen kleinen Jungen dazu brachte, ein ungewöhnliches Gebet zu sprechen.

Es waren die Klänge eines uralten Liedes, die vom abendlichen Weihnachtsmarkt durch die Straßen bis hinauf in eine kleine Wohnung drangen.

Es war eine Lichterkette, die eine junge Frau ohne jeglichen Hintergedanken vor Weihnachten im Hauseingang befestigte …

# *Kapitel 1*

*Drei Wochen vor Weihnachten*

Hannes Sonner stand vor der Haustür und warf einen prüfenden Blick zum Himmel. Grau wie Blei war die geschlossene Wolkendecke und hing so tief, dass die Kirchturmspitze darin zu verschwinden schien. Auch die schneidend kalte Luft aus Richtung Osten trug den Geruch von Schnee mit sich. Droben auf der Alm war er schon vor Wochen gefallen und lag mittlerweile um die vierzig Zentimeter hoch, nun würde es hier unten im Dorf und damit vierhundert Höhenmeter tiefer demnächst auch so weit sein.

Schaudernd strich der Bauer über seinen kahlen Schädel hinunter zu den kalten, nackten Ohren. Monate voller Beschwerlichkeiten lagen vor ihm – Monate, in denen er sich jedes Mal geradezu vermummen musste, um in den Stall oder ins Freie zu gehen. Monate voller anstrengender Tätigkeiten wie Schneeräumen auf dem gesamten Hof und eventuell auch auf den Dächern. Vor allem aber Wintermonate, während derer er seine Frau noch schmerzlicher vermisste als während aller übrigen Jahreszeiten. Lang und finster hatte sich bisher jeder der drei Winter seit Rosis Tod dahingeschleppt. Jeder einzelne Abend war Hannes dunkler und freudloser erschienen als der Abend zuvor und hatte sich schier endlos in die Länge gezogen. Nicht einmal letztes Jahr, nachdem Florian, der ältere von Hannes' beiden Söhnen, geheiratet hatte und dessen Frau mit ins Bauernhaus gezogen war, hatte sich viel daran geändert. Er ließ die jungen Leute lieber unter sich sein und zog sich früh in sein Schlafzimmer zurück, wo er für Stunden wach im Bett lag und der Zeit mit seiner Frau nachtrauerte …

Mit einem tiefen Seufzer drückte Hannes die Türklinke, trat über die Schwelle, stolperte und landete unsanft auf Händen und Knien. Erst während er sich mühsam wieder aufrichtete, bemerkte er das dünne, grüne Stromkabel, das sich quer durch den schmalen Bauernhausflur zur Steckdose in der gegenüberliegenden Wand zog und nur behelfsmäßig unter dem Türvorleger verborgen war. Sein Blick wanderte das Kabel entlang nach oben zu der Weihnachtslichterkette, die als Girlande den alten Türrahmen schmückte.

„Sabrina!“, kam es wie von selbst über seine Lippen, während er sein schmerzendes Knie massierte. Niemand anders als seine Schwiegertochter mit ihren modernen Ideen konnte in diesem – seinem – Haus die Person sein, die auf eine solche Idee kam.

Hannes hatte nichts gesagt, als Sabrina den verbeulten Emaille-Wasserkessel auf dem Herd in der Küche, den Rosi einst angeschafft hatte, gegen einen Kessel aus blitzendem Edelstahl austauschte und statt des guten alten Kaffees Grüntee und ähnliches Kraut aus dem kochenden Wasser zubereitete. Er hatte auch nichts gesagt, als sie Florian dazu brachte, die durchaus noch funktionstüchtige Hängelampe in der Essecke der holzgetäfelten Küche durch ein schaukelbrettähnliches LED-Teil mit blendendem Licht zu ersetzen. Und er hatte, obwohl er innerlich fast platzte vor Empörung, immer noch nichts gesagt, als Sabrina beschloss, seinen ersten Enkelsohn, dessen Ankunft in etlichen Monaten bevorstand, Jamal zu nennen, und nicht Leopold, Maximilian oder wenigstens Florian nach seinem Vater.

Aber das hier, dieses Aufhebens um eine angemessene und stimmungsvolle Weihnachtsdekoration – die Lichterkette an der Eingangstür war ja nur eine unter vielen vergleichbaren in Haus und Hof –, das war einfach zu viel. Es war der Tropfen, der das Fass der Zumutungen endgültig zum Überlaufen brachte: Hannes fühlte sich in seinem eigenen Zuhause nicht mehr zu Hause.

„Sabrina!“, rief er noch einmal. Durch die offen stehende Küchentür drang Sabrinas Antwort: „Was ist los, Vater, was hatte dieses Rumpeln eben zu bedeuten? Hast du dich gestoßen?“

„Gestolpert und gefallen bin ich – und zwar über das Kabel deiner unglückseligen Lichterkette da!“ Hannes’ deutlich vernehmbarer Ärger veranlasste Sabrina, ihren Kopf aus der Küche zu stecken. Betroffen musterte sie ihren Schwiegervater. „Oh, das tut mir leid! Ich wollte Florian noch bitten, das Kabel irgendwie sicherer zu befestigen, wenn er abends hereinkommt, damit niemand daran hängen bleibt, aber …“

„Nun, diese Mühe kannst du dir sparen, zumindest was mich betrifft!“ In dem Moment, in dem er das aussprach, entstand vor Hannes’ innerem Auge ein Bild, das so echt, so lebendig war, als sähe er sie tatsächlich vor sich: die Hütte mit dem kleinen Viehstall oben auf der Alm. Eng an den Berghang duckte sich das Holzgebäude. Eine strahlende Wintersonne beschien das schiefergedeckte Dach, spiegelte sich in den kleinen Fensterscheiben und verwandelte den tiefen Schnee rundum in eine glitzernde, diamantenbesetzte Pracht. Es war ein Bild der Unveränderlichkeit, der Stille und des Friedens, sodass Hannes ohne weiteres Nachdenken fortfuhr: „Denn ich ziehe aus!“

„Wie bitte?“ Sabrina stürmte aus der Küche in den Gang, ihre mit „Beste Köchin der Welt“ bedruckte Schürze mehlbestäubt und die Wangen hochrot vor Wärme. Der köstlich süße Duft, der ihr aus der weit offen stehenden Tür folgte, verriet, dass sie wie so oft am Backen war – eine Kunst, die sie tatsächlich besser beherrschte, als Rosi es je getan hatte. Das musste selbst Hannes zugeben.

Ihre Wangen wurden noch eine Spur röter, als sie fortfuhr: „Wie meinst du das: Du ziehst aus? Du kannst doch nicht einfach ausziehen – was würde Florian dazu sagen?!"

„Florian? Er kann sich auf den Kopf stellen und mit den Zehen wackeln oder was auch immer – es ist mir gleich! Ich zieh noch heute hoch auf die Alm, wo ich mindestens bis Weihnachten bleiben werde, vielleicht sogar noch länger!"

Mit diesen Worten hinkte Hannes zur Treppe, eine Hand an sein schmerzendes Knie gelegt und dennoch fest entschlossen, sein Vorhaben durchzuziehen. Der Frieden, den er – alleine für sich – auf der Alm zu finden gedachte, war ihm mehr wert als alles andere. Nicht einmal der Duft des weihnachtlichen Früchtekuchens, der ihm hartnäckig bis nach oben folgte, konnte ihn noch umstimmen.

Am Abend, nach Anbruch der Dunkelheit, stand Hannes erneut in einem Hauseingang: diesmal vor der leicht verwitterten und dennoch stabilen Tür seiner Almhütte. Er nahm jede Einzelheit der Umgebung in sich auf. Die Wolken über ihm hatten den größten Teil ihrer Schneelast abgeladen und damit die Schneedecke auf der Almwiese um etliche Zentimeter erhöht. Neben der Stalltür stand der vierzig Jahre alte und von Sohn Florian längst außer Betrieb genommene Fendt-Traktor, mit dessen Hilfe Hannes hier oben auf den Berg gelangt war. Im leeren Stall befand sich ein ausreichender Vorrat an Brennholz für den alten Holzherd. An der inneren Hüttenwand stapelten sich Bettzeug, etliche Fachzeitschriften über Landwirtschaft, die Hannes schon immer einmal hatte lesen wollen, und vor allem Lebensmittelvorräte.

Das Beste für Hannes aber war das, was er jetzt eher erahnen als erkennen konnte: Zu seinen Füßen, ein ganzes Stück unterhalb des Waldes und der Almwiese, lagen die Lichter des Dorfes. Die Lichter aus den Fenstern der anderen Dorfbewohner, aus denen seines eigenen Hofes – und die Lichter der allgegenwärtigen Weihnachtsdekorationen.

Er hatte sie, samt all den kleinen und großen Ärgernissen seines Alltags unter einem Dach mit seiner Schwiegertochter, tatsächlich hinter sich gelassen. Über seinem Kopf schwang keine erleuchtete Girlande, in deren Kabel man festhängen oder über das man stolpern konnte. Über seinem Kopf waren nichts als der freie Himmel, Wolken und ein einzelner Stern, dessen Schein beinahe zärtlich die schneebedeckten Berggipfel umspielte.

Mit einem stillen, höchst zufriedenen Lächeln auf den Lippen wandte sich Hannes schließlich ab und betrat seinen Zufluchtsort.

# *Kapitel 2*

Etliche hundert Kilometer nordwärts starrte auch ein sechsjähriger Junge namens Julius hinaus in den dunklen Dezemberabend.

„Es regnet schon wieder!“, bemerkte er dabei und drückte unglücklich seine Nase gegen die Fensterscheibe. Direkt vor seinen Augen klatschten dicke Regentropfen ans Fenster, zerplatzten mit einem „plopp“ und liefen dann als kleine Wasserbäche die Scheibe hinunter. Zwischen diesen Wasserfällen konnte er gerade noch die hellen Lichter am Nachbarhaus erkennen. Vor ein paar Tagen waren die Eltern von Kai, der dort wohnte, auf eine Leiter gestiegen und hatten rund ums Haus Weihnachtslichterketten aufgehängt. Vom Garagendach, vom Dach über dem Eingang, rund um die Fenster und sämtliche Büsche im Garten blitzten und blinkten seitdem jeden Abend, sobald es dunkel wurde, die farbigen Lichter.

„Ist das schön bunt!“, hatte Julius’ Zwillingsschwester Josie das Meer aus blauen, weißen, gelben, roten und grünen Lichtern bestaunt und gefragt: „Warum hängen wir eigentlich keine bunten Lichterketten an unser Haus, Mama?"

„Nun ja", überlegte Mama, „weil mir die bescheidenen, natürlichen Lichter sehr viel besser gefallen. Seht euch zum Beispiel dieses hier an!" Sie zeigte auf die Kerze am Adventskranz auf dem Esstisch, die bereits angezündet war. „Ist so ein zartes, flackerndes Licht nicht viel eindrucksvoller als das bunte Lichtermeer da draußen? Und so klein die Kerzenflammen auch sind, erfüllen sie doch denselben Zweck wie das Licht unserer Nachbarn: Sie vertreiben die Dunkelheit."

„Aber sie sind nicht bunt!", hatte Josie, die alles Glitzernde, Bunte und Auffällige liebte, noch ein wenig gemeckert. Julius war insgeheim derselben Meinung wie seine Mutter: Die dicke rote Kerze mit ihrem Kopf aus Licht und dem warmen, gelben Schein in dem ansonsten dunklen Esszimmer war wirklich schöner als die vielen blinkenden Lichter am Nachbarhaus. Aber das war heute eigentlich gar nicht sein Problem. Was ihm heute Abend Kummer bereitete, war einzig und allein das Wetter.

„Wann ist es denn endlich kalt genug, dass es schneit, Papa?", wandte er sich an seinen Vater, der eben das Kinderzimmer betrat, um den Zwillingen eine gute Nacht zu wünschen. Dabei zeigte Julius anklagend nach draußen. „Ich wünsche mir doch so sehr, dass wir noch vor Weihnachten Schnee bekommen!"

„Ich weiß, Juju! Aber wir wohnen nun mal in einer Gegend,

in der es nur sehr selten vor Weihnachten schneit. Und den Schalter, den ich umlegen könnte, um draußen für Schnee statt für Regen zu sorgen, habe ich leider noch nicht gefunden. Das Einzige, was ich tun kann, ist, den Regen auszusperren!" Papa langte an Julius vorbei und ließ mit sachtem Schwung den Rollladen vor der Scheibe heruntersausen, sodass die bunten Lichter draußen samt dem hässlichen Regen verschwanden. Dann schnappte er sich seinen Sohn, um diesen trotz des Protestes ins Bett zu befördern.

„Aber Papa! Ich bete jetzt schon so lange für den Schnee – mindestens seit Mama die Kerze zum ersten Mal angezündet hat!", beharrte Julius, während sein Vater ihn fest in die Bettdecke wickelte. Papa sollte nur nicht glauben, dass Juju sich durch einen komischen Scherz von seinem Herzenswunsch abbringen ließ!

„Auch das weiß ich, mein Junge, und bin mir sicher, dass unser Vater im Himmel deine Bitte schon gehört hat! Und noch etwas." Jujus Vater machte eine kleine Pause und räusperte sich bedeutungsvoll: „Wenn du mir versprichst, dich während der nächsten Wochen nicht mehr über den fehlenden Weihnachtsschnee zu beklagen, verrate ich dir ein Geheimnis!"

„Ein Geheimnis?", meldete sich Josie aus dem Bett an der gegenüberliegenden Wand des Kinderzimmers zu Wort. Sie hatte sich schon in die Decken gekuschelt, während ihr Bruder noch aus dem Fenster starrte, und war nahe am Einschlafen.

Aber wenn es etwas gab, das sie im Nu wieder munter machen konnte, dann war es dieser Begriff: *Geheimnis*.

„Scht, nicht so laut!“ Mahnend legte ihr Vater einen Finger an die Lippen und fuhr im Flüsterton fort: „Ja, ein Geheimnis. Mama und ich haben nämlich beschlossen, dass wir Weihnachten dieses Jahr nicht zu Hause feiern werden. Wir wollen dem ganzen Trubel auf den Straßen und in den Geschäften einmal entkommen, und deshalb verbringen wir Weihnachten in den …“

„Aber Stephan!“, unterbrach Mamas Stimme Papas geheimnisvolles Flüstern. „Du bist ja schwatzhafter als die Kinder, wenn es darum geht, ein Geheimnis zu bewahren! Wir wollten das Ganze doch für uns behalten, bis es hundertprozentig sicher ist!“

„Aber das ist es doch, Linda, jedenfalls so gut wie sicher!“, verteidigte sich Papa und lächelte so ähnlich wie Juju, wenn er fürchtet, dass Mama ihn gleich schelten wird. „Ich habe heute die Buchungsbestätigung bekommen!“

„Tatsächlich? Das ist ja großartig!“, strahlte ihre Mutter, und Josie stürzte sich aus dem Bett direkt in die Arme ihres Vaters. „Also, was ist es, Papa? Was ist ein – Buchungsdings –, was ist euer Geheimnis?“

Mama nickte Papa immer noch strahlend zu, sodass er, diesmal laut und hörbar, verkündete: „Nun, wir werden dieses Weihnachtsfest in einem schönen kleinen Haus hoch oben im

Gebirge feiern, wo es ganz sicher nicht nur viel Schnee, sondern auch noch weitere Überraschungen geben wird!"

„Ehrlich? Wir wohnen an Weihnachten im Gebirge – im Schnee!?" Julius' blaue Augen wurden groß vor Staunen und Josie begann, aufgeregt zu zappeln. „Hoch oben in den Bergen, ja? Genau wie bei Heidi, wo der Schnee fast so hoch ist wie das Haus?" Der Film, den sie neulich gesehen hatte, war wohl sehr eindrucksvoll gewesen.

„Genau so ist es geplant!", nickte Papa lachend, während Mama hinzufügte: „Aber bis dahin dauert es noch etwa drei Wochen, Josie. Deshalb: Ab ins Bett mit dir! Wer weiß, vielleicht träumst du ja heute Nacht schon von unserem Häuschen im Schnee?"

„Au ja!" Mit zwei großen Sprüngen war Josie zurück in ihrem Bett und wickelte sich genießerisch in ihre Decke. Kurz darauf verließen die Eltern mit einem letzten „Gute Nacht, Josie, gute Nacht, Juju!" das Kinderzimmer.

Josie atmete sehr tief ein und aus in der Hoffnung, möglichst schnell einzuschlafen. Juju dagegen brauchte noch ein wenig Zeit, um nachzudenken. Eigentlich hatte er bereits vorhin, nachdem Mama im Licht des Adventskranzes eine Geschichte vorgelesen hatte, sein Gute-Nacht-Gebet gesprochen. Wie immer hatte er Gott für Josie und seine anderen Freunde in der Schule gedankt, dafür, dass bald Weihnachten war, und dafür, dass sie alle – auch das Baby in Mamas Bauch – gesund waren.

Und natürlich hatte er dafür gebetet, dass es bald schneite. Ganz zum Schluss hatte er dem Vater im Himmel noch seine übrigen Weihnachtswünsche genannt: den neuen Legobagger aus kleinen Teilen für große Jungs, einen schönen, sehr großen Weihnachts-Tannenbaum und eine Herberge.

Wie es jetzt, nur wenige Minuten später aussah, würde sein erster Wunsch, die Sache mit dem Schnee, also tatsächlich in Erfüllung gehen. War das nicht wunderbar? Die Freude auf den Schnee, der bis zum Fenster reichte, und die vielen Schneemänner, die er daraus bauen würde, dazu die Schneeballschlachten und Schlittenfahrten zusammen mit seiner Familie, dies alles machte ihn fast so zappelig wie Josie. Und diese Freude erfüllte ihn mit großer Hoffnung. Nämlich Hoffnung darauf, dass Gott auch seinen letzten Weihnachtswunsch erfüllen konnte: den nach der Herberge.

Seit dem Tag, an dem sie in der Sonntagsschule mit dem Üben für das Krippenspiel begonnen hatten, schwirrte ihm diese Herberge, in der Maria und Josef keinen Raum gefunden hatten, im Kopf herum. Die Sonntagsschulleiterin hatte den Kindern zuerst Bilder zu ihrem Theaterstück gezeigt. Das Bild von einem Haus aus grauem Stein, dessen breite Tür ganz fest verschlossen war und sich nicht öffnen wollte, sosehr Josef und Maria auch darum baten, hatte es Juju sofort angetan. Es führte zu einem seltsam kribbelnden, ziehenden Gefühl in seinem Bauch. Warum und weshalb, das konnte er sich selbst nicht erklären. Aber nichts konnte etwas an diesem Wunsch ändern, dass er eine solche Herberge haben musste. Nicht das ratlose Gesicht seiner Mutter, wenn er dafür betete, und auch nicht Josies Meinung, dass eine Herberge, also eine Art Gasthof oder Hotel, kein richtiges Weihnachtsgeschenk war. Schon gar nicht für ein Kind! Es war eben einfach so: Er, Juju, wünschte sich zu Weihnachten eine Herberge. Daran gab es nichts „zu rütteln", wie seine Lehrerin immer sagte, wenn jemand ihr widersprechen wollte.

Aus diesem Grund flüsterte Juju nun, mit dem Kopf unter der Decke und neuer Hoffnung auf die Erfüllung seines ungewöhnlichen Wunsches, leise noch einmal: „Lieber Gott, danke für den vielen Schnee, den wir haben werden, und bitte denk doch auch an den Legobagger, den Tannenbaum und die *Herberge*!"

# *Kapitel 3*

Noch weitere fünf Kilometer nordwärts, im Zentrum der Großstadt, begann der Abend für Chris genau wie jeder vorangegangene in diesem Dezember. Ein böiger Wind pfiff durch die Straßen und um die Häuser, drückte den Regen gegen die Scheiben des Erkerfensters und trieb sein Spiel mit der Straßenlampe vor dem Altbau, sodass der Lichtschein in unregelmäßigen Abständen durchs Wohnzimmer schwenkte. Chris war eine gute Stunde später von der Arbeit auf der örtlichen Sozialstation nach Hause zurückgekehrt als üblich. Offenbar hatten in der Vorweihnachtszeit viele ältere Mitmenschen einen erhöhten Gesprächsbedarf. Aber nun war es an der Zeit, auch gedanklich zu Hause anzukommen und Ruhe zu finden. Die Sechsundzwanzigjährige tauschte ihre Tageskleidung gegen ein Sweatshirt samt gemütlich weiter, weicher Hose, verzehrte eine warme Mahlzeit und ließ sich anschließend mit ihrem Tablet-PC auf dem Sofa nieder.

Seit etlichen Tagen nutzte sie die Abendstunden dazu, an dem Weihnachtsgeschenk für ihre Patenkinder zu arbeiten.

Die Zwillinge Josephine und Julius liebten Geschichten – egal, ob von Tante Chrissi vorgelesen oder nur aus dem Stegreif erzählt. So war sie auf die Idee gekommen, ihnen eine ganz spezielle Geschichte zu Weihnachten zu schenken: eine Geschichte, in der Josie und Juju persönlich die Helden waren; eine Geschichte, die von ihrer Tante Chrissi selbst verfasst und zu einem Buch gebunden worden war. Bislang war sie ganz gut vorangekommen und hatte ihre beiden Hauptpersonen etliche lustige oder abenteuerliche Alltagssituationen durchleben lassen. Auch einige echte Erlebnisse der Zwillinge hatte sie in die Geschichte eingefügt. Da war zum Beispiel der Tag, an dem sie auf dem Schulweg einem gleichaltrigen Flüchtlingsjungen begegneten. In Anbetracht des kühlen Herbstwetters schenkten sie ihm, außer ihren Brotzeitpaketen und Jujus warmer Jacke, auch Josies pinkfarbene Handschuhe. Allein der Gedanke daran brachte Chris noch jetzt zum Lächeln.

Dennoch wollten heute Abend die Worte einfach nicht fließen. Nicht einmal gedanklich konnte Chris sich auf ihr Projekt konzentrieren.

Von Josie und Juju wanderten ihre Gedanken zu deren Mutter, Chris' Schwester Linda, ihrem Mann Stephan und dem Baby, das diese demnächst erwarteten – zu dem Kind, das das Glück dieser Familie noch vollkommener machen würde, als es ohnehin schon war, während Chris immer noch einsam und allein durchs Leben stolpern musste.

Aber nein! Entschlossen richtete Chris ihren Blick auf den blinkenden Cursor auf ihrem Tablet. So etwas wollte sie gar nicht denken. Sie hatte nicht den geringsten Grund, eifersüchtig auf das Leben ihrer Schwester zu sein! Ihr eigenes Leben, auch als Single, bot genügend Anlass zur Dankbarkeit: Ihre soziale Arbeit erfüllte sie mit Befriedigung, sie besaß eine gemütliche, liebevoll eingerichtete Wohnung sowie etliche gute Freundinnen, und sie durfte bei den Zwillingen häufig die Ersatz-Mama spielen. Wie oft war sie mit den beiden schon auf dem Spielplatz gewesen, hatte sie gebadet oder ihnen am Bett eine Geschichte erzählt. Ein Grund mehr, sich jetzt ganz und gar auf ihr Geschichten-Geschenk zu konzentrieren!

Chris setzte ihre Finger auf die Tastatur und hatte eben zu schreiben begonnen, als ihr Handy sich meldete. Ohne den Blick vom Tablet zu nehmen, griff sie danach.

„Stell dir vor, Chrissi, es klappt!"

„Wie bitte?" Mühsam riss Chris ihre Augen vom Text los. „Ach, du bist es, Linda!"

„Natürlich bin ich's, Schäfchen! Und wie ich eben schon sagte: Es klappt! Wir haben die Hütte im Gebirge über die Feiertage bekommen, und gerade eben haben wir es den Kindern gesagt. Die beiden sind ganz aus dem Häuschen vor Freude!"

„Wow, das ist ja großartig! Ich freue mich mit euch!"

„Schön! Aber noch schöner fände ich es, wenn du dich gleich für dich selbst mitfreuen würdest! Du denkst doch nicht etwa, dass ich dich an Weihnachten hier allein in der öden grauen Stadt zurücklasse?!"

„Du meinst, ich soll mit euch fahren?"

„Natürlich sollst du das, Schäfchen! Das war doch von Anfang an so geplant – auch, wenn ich eventuell bisher versäumt habe, dir das mitzuteilen."

„Tja, das hast du tatsächlich, große Schwester!" Chris grinste nur über das „Schäfchen" – ein Überbleibsel aus ihrer Kindheit, in der die sieben Jahre ältere Linda sie stets mit bemuttert hatte – und fuhr fort: „Mir scheint, allmählich macht sich dein Alter doch bemerkbar!"

„Und mir scheint, das Schäfchen hat sich hier gerade eine ordentliche Portion eisigen Schnee im Kragen verdient! Aber Spaß beiseite, Chrissi: Du fährt doch mit uns?"

„Ich weiß nicht recht – eigentlich habe ich geplant, zu Hause mit Claus und den Eltern zu feiern. Außerdem will ich mich nicht in euren wohlverdienten Familienurlaub drängen, ihr habt selten genug Zeit nur für euch!", entgegnete Chris.

„Von wegen hineindrängen! Du weißt, dass du quasi zu unserer Familie gehörst. Ich bin sicher, die Kinder wären zutiefst enttäuscht, wenn sie ohne ihre Tante Chrissi fahren müssten. Unter anderem auch deshalb, weil ihre Mutter im achten Monat allmählich etwas unbeholfen wird und sicher nicht mehr bei allen sportlichen Aktionen dabei sein kann!"

„Natürlich, das sehe ich ein. Gib mir trotzdem noch einen

Tag Bedenkzeit, Linda. Du weißt, ich bin ein Stadtmensch, ich passe einfach nicht in eine einsame Hütte hoch oben im Gebirge!"

„In Ordnung, denk nochmals drüber nach, Chrissi. Aber vergiss nicht: Nicht nur die Kinder, auch Stephan und ich würden uns wirklich sehr über deine Gesellschaft freuen. Ich erwarte dann morgen deinen Anruf!"

Damit legte ihre Schwester auf. Chris starrte erneut auf ihren mit Worten angefüllten Bildschirm, ohne tatsächlich etwas zu lesen oder den Faden der Geschichte wieder aufzunehmen.

Anstelle des Textes sah sie eine Gebirgslandschaft vor sich, fernab jeglicher Zivilisation: Berge, die sich karg und schroff gegen einen unfreundlich dunklen Himmel erhoben; felsige Hänge, die so steil abfielen, dass der Schnee gar keinen Halt fand. Am steilsten dieser Hänge klebte ein Häuschen oder vielmehr eine Hütte mit im Wind hin und her schlagenden Fensterläden und einer Tür, die sich nicht schließen ließ. Konnte man eine solche Unterkunft tatsächlich als Ferienhaus mieten? Schaudernd schob Chris die absurde Vorstellung von sich, trat ans Erkerfenster und genoss den vertrauten Blick nach draußen.

Vier Stockwerke unter ihrer Wohnung lagen der Hauseingang und die vierspurige Straße mit der Straßenbahnhaltestelle in der Mitte, an der trotz der späten Stunde und des miesen Wetters reges Leben herrschte. Eben ratterte eine Bahn heran, öffnete quietschend die Türen und entließ ihre Fahrgäste ins Freie beziehungsweise verschluckte die zusteigenden Passagiere. Regenschirme wurden auf- und zugeklappt, wobei der Wind den Schirm einer jungen Frau auf links drehte und diese erschrocken aufschrie. Fußgänger eilten den Gehweg entlang, vorbei an weihnachtlich dekorierten Fenstern, jeder einzelne von ihnen auf dem Weg nach Hause oder zu einem anderen Ziel. Über der ganzen Szenerie lag wie eine Glocke der lilabläuliche Widerschein einer Stadt, die niemals wirklich dunkel wurde.

„Ich bin ein Stadtmensch!", hatte Chris zu Linda gesagt. „Ich passe nicht in die Berge!" Was sie eigentlich damit gemeint hatte, war nicht, dass sie die Zerstreuungen einer großen Stadt brauchte, sondern die Sicherheit, die diese ihr bot. Die gewohnten, niemals endenden Geräusche um sie herum, die niemals verlöschenden Lichter, das Gefühl, stets irgendwo irgendjemanden in erreichbarer Nähe zu haben – dies alles gab ihr Sicherheit. So trügerisch sie auch sein mochte, konnte Chris sich partout nicht vorstellen, für längere Zeit außerhalb dieses gewohnten Umfelds zu leben. Sie war eben ein zurückhaltender, zaghafter bis furchtsamer Mensch …

Nachdem das Rattern der Straßenbahn in der Ferne verklungen war, registrierte Chris ein weiteres Geräusch. Vom Rathausplatz herüber drang leise Musik. Weihnachtsmusik. Wie jedes Jahr um diese Zeit untermalte sie als Hintergrundgeräusch das laute, lebhafte Treiben zwischen den Buden des Weihnachtsmarktes. Vermutlich nahmen sie die meisten Besucher dort gar nicht mehr wirklich wahr – so ging es zumindest Chris beim Besuch des Marktes –, aber heute und aus der Entfernung lauschte sie ganz bewusst ihrem Klang.

Soeben gingen die Töne von „Jingle Bells" in einen weiteren Titel über, den Chris auf der Stelle als „Stille Nacht, heilige Nacht" erkannte. Natürlich, was wäre ein Weihnachtsmarkt ohne dieses altehrwürdige Lied, das nahezu in Dauerschleife gespielt wurde? Dennoch oder genau deshalb war es lange her, dass der Text bis in Chris' Bewusstsein gedrungen war. *Stille Nacht, heilige Nacht. Alles schläft, einsam wacht nur das traute hochheilige Paar …*

Chris stutzte. Eigentlich war es genau das, was sie mehr oder minder bewusst immer zu meiden versuchte. Aber genau das waren auch die Umstände, unter denen der Sohn Gottes auf der Erde angekommen war: Stille, Nacht und Einsamkeit. Und das nicht nur für Maria und Josef, sondern auch für die Hirten bei ihrer nächtlichen Wache und die Weisen bei ihrer langen Reise durch die Nacht … Unter exakt diesen Bedingungen war das Heil nicht nur für die Menschheit, sondern auch für sie persönlich in die Welt gekommen! War es möglicherweise auch für Chris an der Zeit, nicht länger an ihren Sicherheiten festzuhalten, sondern sich Stille und Einsamkeit zu stellen?

Während vom Weihnachtsmarkt die Töne des nächsten Liedes herüberwehten, griff Chris nach ihrem Handy und textete kurz entschlossen: „Brauchst nicht länger zu warten, ich fahre mit euch!“

Keine Minute später erschien, ebenso kurz und bündig, Lindas Antwort: HALLELUJA!!!

# *Kapitel 4*

*Zwei Wochen vor Weihnachten*

Julius kauerte auf dem Teppich und betrachtete die Playmobil-Krippe, die sich auf dem niedrigen Sofatisch vor ihm befand. Es war Josies Idee gewesen, den Krippenstall hier aufzubauen und an jedem Tag, der Weihnachten näher rückte, eine weitere Spielfigur zu der Krippe zu stellen. Unterdessen waren es schon ziemlich viele geworden: zunächst ein Esel, eine Kuh und eine Katze unten im Stall. Allerdings konnte sich Juju kaum vorstellen, dass es da tatsächlich eine Mäuse fangende Katze gegeben hatte. Weiterhin saßen zwei Vögel oben auf dem Dach und ein paar Schafe lagerten sich um den Stall herum.

Die Hauptpersonen, Maria und Josef samt ihrem Esel, wurden quer über den Tisch langsam auf die Krippe zu bewegt. Erst heute war einer der drei Weisen aus dem Morgenland dazugekommen. Er befand sich jedoch mit seinem Kamel noch weiter von der Krippe entfernt als Josef und Maria und fiel fast von der Tischkante.

So weit war alles schön und gut. Julius fand es nur schade, dass sich alle Figuren um diesen Stall drängten, anstatt in einer gemütlichen Herberge zu sein. Wenn nur er, Juju, damals dort gewesen wäre und schon seine eigene Herberge besessen hätte, dann hätten sich Maria, Josef und Jesus samt ihren Besuchern gewiss nicht in einem stinkenden, schmutzigen Stall versammeln müssen!

Doch was Julius an diesem Abend noch weit mehr beschäftigte als alle Weihnachtswünsche, war Mama. Schon mittags, als die Zwillinge von der Schule heimgekehrt waren, hatte sie traurig und müde auf dem Sofa gelegen und war nur zwischendurch kurz aufgestanden, um ihnen allen eine Suppe zu kochen. Sie hatte auch nicht wie sonst nachgefragt, wie es in der Schule gewesen war. Und sie hatte nichts Neues von dem Baby in ihrem Bauch erzählt, obwohl sie heute deswegen beim Arzt gewesen war. Das alles sah seiner Mutter überhaupt nicht ähnlich!

Juju rutschte auf dem Teppich ein Stück näher an sie heran und musterte sorgenvoll ihre geschlossenen Augen und die Lippen, die heute nicht richtig rot, sondern fast so blass waren wie das übrige Gesicht.

„Was ist nur los mit dir, Mama?“, fragte er, allerdings nur flüsternd, um seine Mutter nicht zu wecken. Trotzdem schlug sie ihre Augen auf, lächelte und sagte: „Es ist alles gut, Juju, Papa wird es euch gleich erklären!"

„Das wird er!", bekräftigte eine tiefe Stimme von der Wohnzimmertür her und sein Vater betrat den Raum. Josie folgte ihm dicht auf den Fersen, und beide gemeinsam ließen sich im Sessel nieder. Papa streckte seine Hand aus und zog Juju ebenfalls auf seinen Schoss.

„Es ist so, Kinder: Mama und eurem Brüderchen in ihrem Bauch geht es heute nicht so gut!", begann er. Aber Josie unterbrach ihn: „Habt ihr beide Bauchschmerzen?" Mitleidig streichelte sie Mamas Hand, und die lächelte wieder. Eine Antwort aber kam von Papa.

„Nicht direkt! Sie brauchen nur mehr Ruhe, wisst ihr? Wenn Mama zu viel arbeitet oder einfach nur herumläuft, hat euer Bruder nicht genug Ruhe, um zu wachsen und in ein paar Wochen ganz gesund und kräftig zur Welt zu kommen. Und das wollen wir doch alle, nicht wahr? Deshalb muss Mama in nächster Zeit viel ausruhen und liegen, hier auf dem Sofa oder im Bett. Wir müssen ihr also so viel Hausarbeit abnehmen wie möglich!"

„Ich kann das Geschirr spülen!", schlug Josie großzügig vor. „Ich habe Mama schon oft geholfen und dabei nur einen einzigen Teller zerbrochen!"

„Dann trockne ich es ab", erklärte Juju sich bereit, „und den Küchenboden fegen kann ich auch!"

„Das ist lieb von euch, meine beiden Großen!", sagte Mama

leise. Papa fügte lauter hinzu: „So ungefähr dachte ich mir das auch. Und das, was ihr alleine nicht schafft, erledigen wir alle drei gemeinsam. Ich habe mir nämlich freigenommen, sodass ich die nächsten Tage ganz für euch da sein kann."

„Oh ja, das wird toll!", erklärte Josie und hatte ihren Kummer über Mama und das Baby schon fast wieder vergessen. „Mama kann den ganzen Tag hier auf dem Sofa liegen. Sie muss uns nur sagen, was wir machen sollen, und schon passiert es! Aber Papa, ich weiß gar nicht, ob du überhaupt kochen kannst?!" Aus blauen Augen voller Zweifel blickte sie ihrem Vater ins Gesicht, fuhr aber gleich darauf fort: „Aber egal, in ein paar Tagen ist sowieso Weihnachten und wir fahren alle zusammen in die Berge!"

„So ist es vorgesehen!", bestätigte Papa. Aber Juju fand, seine Stimme klang nicht halb so fröhlich wie die von Josie. Im Stillen machte er sich bestimmt mehr Sorgen um Mama, als er zugeben wollte. Ob sie am Ende zu krank war, um an Weihnachten ins Gebirge zu fahren? Unterdessen ergänzte sein Vater schon: „Deshalb wollen wir jetzt alle dafür beten, dass Mama und euer Bruder sich ganz rasch und gründlich erholen. Magst du gleich damit beginnen, Josie?"

„Klar!", stimmte Josie zu. Während sie anfing zu beten, kletterte Juju von Papas Schoß, setzte sich wieder neben dem Sofa auf den Boden und schmiegte seinen Kopf an Mamas weiche Schulter.

*Eine Woche vor Weihnachten*

An dem Tag, als alle drei Weisen aus dem Morgenland auf dem Wohnzimmertisch standen und Maria und Josef schon dicht an den Stall herangerückt waren, saß Chris in dem Sessel neben ihrer Schwester. Zwei dicke Kissen im Rücken und eines unter ihren Füßen, hielt sich Linda halb aufrecht auf dem Sofa und sprach eindringlich auf Chris ein.

„Wie du siehst, geht es mir blendend! Keine Spur mehr von vorzeitigen Wehen, und weder der Arzt noch meine Hebamme haben Bedenken wegen unserer Reise ins Gebirge. Selbst im tiefsten Winter wäre Bayern schließlich nicht Alaska, wo wegen Schnee und Eis eventuell mal kein Arzt zur Verfügung stehen könnte, meinte Dr. Gutmann! Also habe ich am 23. Dezember noch eine letzte Untersuchung, aber eher zu meiner Beruhigung, als dass es wirklich nötig wäre. Und dann kann's frühmorgens am Heiligabend auch für mich losgehen!"

„Demnach fahren wir zwei Tage später los als geplant!", folgerte Chris.

„Richtig! Es sei denn …" Linda hielt inne. Bedeutungsschwer hing ihr unvollendeter Satz im Raum, und Chris starrte sie einen Augenblick lang verständnislos an. Dann begriff sie.

„Nein!", rief sie, sprang auf und stieß dabei an die Tischkante, sodass Maria, Josef und einer der Weisen ihr Gleichgewicht verloren und kopfüber auf der Tischplatte landeten.

„Vergiss es! Auf gar keinen Fall fahre ich mit euren Kindern voraus!"

„Und weshalb nicht? Die beiden sind schon so versessen auf diese Reise – Josie auf die Berge und Juju auf den Schnee – und es wäre eine schreckliche Enttäuschung für sie, noch zwei Tage länger darauf warten zu müssen!"

„Das glaube ich, und es tut mir ehrlich leid für sie, Linda, aber: Nein. Ich kann das nicht alleine – du kennst mich doch!!"

„Stimmt. Ich weiß, dass du am liebsten andere Menschen um dich hast, und dass du es dir eventuell furchtbar abgelegen und einsam dort oben vorstellst. Aber glaube mir, Chris, so ist es nicht! Die Hütte liegt unmittelbar am Rand eines Dorfes, und dieses Dorf besitzt nicht nur seinen eigenen Skiverleih, sondern sogar einen Supermarkt!" Linda faltete die Hände über ihrem Babybauch, der unter dem gestreiften Shirt so rund wie ein Medizinball aus dem Schulsport wirkte. Sie holte einmal tief Luft, ehe sie ihr entscheidendes Argument vorbrachte.

„Und einer Sache bin ich mir vollkommen sicher, Chrissi: Du bist um einiges stärker, als du momentan glaubst. Du *kannst* allein zurechtkommen, und zwar ganz unabhängig von deinem Umfeld!"

„Das sagst du jetzt", unkte Chris, „und vertraust mir sogar deine Kinder an. Aber erprobt hast du es noch nicht!"

„Nein, das habe ich tatsächlich nicht. Doch wie du selbst sagst: Ich vertraue dir – und ich vertraue unserem Vater im

Himmel, der seine Hand über dich und die Kinder halten wird!“ Linda legte alles, was sie an Zuversicht empfand, in ihre Stimme. „Also, was sagst du?“

„Nun“, Chris stieß einen tiefen Seufzer aus und ließ sich zurück in den Sessel fallen, „dann soll es wohl so sein: Die Kinder und ich fahren los wie geplant. Aber lass dir ja nicht einfallen, doch noch einmal vorzeitige Wehen zu bekommen, Linda, und uns dort oben alleine sitzen zu lassen!“

„Na, in dem Fall wäre da immer noch Stephan, der euch als mein Abgesandter hinterherfahren würde!“, scherzte Linda.

Eine Stunde später, nachdem Linda die Kinder in den neuen Plan eingeweiht hatte und Chris sich auf den Heimweg machte, pochte ihr Herz vor Aufregung. Sie wusste nur eines mit Sicherheit: *So* hatte sie es sich nicht vorgestellt, als sie beschlossen hatte, sich wie Maria und Josef, die Hirten und die Weisen der Stille und der einsamen Nacht zu stellen!

# *Kapitel 5*

Missmutig starrte Hannes von seiner Schlafstatt aus, bestehend aus einer schmalen Liege mit einer welligen und daher höchst unbequemen Matratze samt Federbett, zum Fenster. Draußen brach der Morgen an, erkennbar hauptsächlich daran, dass die Schwärze der Nacht von diffusem Dämmerlicht über der milchig-weißen Schneedecke abgelöst wurde.

Er seufzte. Ein weiterer ereignisloser Tag lag vor ihm. Ein Tag, an dem keine menschlichen Stimmen sein Ohr behelligen würden. Ein Tag, an dem keine unliebsamen Veränderungen seines Hauses seinen Ärger erregen und auch keine Tätigkeiten in Stall und Hof ihn aufheitern oder zumindest ablenken würden. Ein Tag also in seiner selbst gewählten Einsamkeit auf der Alm.

Denn alles, aber auch alles, so ermahnte er sich selbst, war besser, als mitanzusehen, wie seine Mitmenschen unten im Tal und in der Hauptsache Sabrina ein Riesenaufhebens um Weihnachten machten und wie sein Zuhause unter dem Einfluss der Schwiegertochter immer mehr von seiner Ursprünglichkeit verlor. Wie schon während der vergangenen Tage, genau genommen seit dem Zeitpunkt, da Hannes gelangweilt seine Bücher und Zeitschriften beiseite geworfen hatte, würde er auch heute in den Wald gehen.

Irgendeine Beschäftigung fand er immer in dem Stück Bergwald, das an die Alm grenzte und sein Eigentum war. Sei es auch nur, dass er einen besonders schneebeladenen Ast absägte, ehe dieser abbrach und dadurch Schäden am guten Holz verursachte. Halbwegs aufgemuntert von diesem Gedanken erhob sich Hannes von seinem Lager. Er kochte sich eine Tasse schwarzen Kaffee und aß die letzten Reste Brot und Räucherspeck, die sich noch in der Hütte fanden. Schließlich machte er sich auf den Weg, dick vermummt in Mütze, Handschuhe und Parka und mit der klappbaren Bügelsäge im Rucksack.

Dank der Schneeschuhe, die sein jüngerer Sohn mit dem Sportartikelhandel ihm letzten Winter geradezu aufgedrängt hatte, kam er zügig voran. Schon bald erreichte er die ersten Ausläufer des Waldes. Hannes blieb einen Augenblick stehen, ließ seinen Blick über die Bäume gleiten, die sich unter ihrer Schneelast duckten, und atmete tief ein. Das frische, harzige Aroma war es, das Hannes eindrücklicher als alles andere auf der Welt vor Augen führte, wie gut er es hatte, gerade hier zu leben. Hier, inmitten der Gebirgslandschaft, inmitten von Gottes einmaliger Schöpfung, die er auch so weit wie möglich gegen überflüssige Eingriffe des Menschen zu verteidigen versuchte. Grimmig dachte er an den Fremdenverkehr, ehe er wieder zügig ausschritt. Endlich gelangte er zu dem Waldabschnitt, der heute sein Ziel war.

Es war ein Hang, der jäh in die Tiefe zum felsigen Grund hin abfiel und an dem sich die Nadelbäume regelrecht festkrallen mussten. Etwa fünfhundert Meter unterhalb der Schlucht verlief eine schmale Bundesstraße. Unmittelbar oberhalb der Tannenspitzen befand sich ein Mäuerchen, das die Bergstraße zu seiner Almhütte von der Schlucht abgrenzte. Angesichts der Unebenheit und der extremen Kurven dieses Weges war es das reinste Glück, dass diese Bergstraße nur für forst- und landwirtschaftlichen Verkehr und damit ausschließlich für Einheimische freigegeben war. So dachte Hannes, ehe er seine ganze Konzentration darauf richtete, sich hangabwärts zu bewegen. Kurz darauf hatte er den ersten Baum erreicht, der seiner Hilfe bedurfte, und alles andere geriet in Vergessenheit.

Hannes arbeitete, bis er das Knurren seines Magens nicht länger ignorieren konnte. Wohl oder übel verstaute er die Säge im Rucksack und erwog, von hier aus direkt ins Tal hinabzusteigen, um seine Lebensmittelvorräte aufzustocken. Er entschied sich jedoch dagegen. Ein paar Dosen Linsen und sonstige Eintöpfe mussten nun, da die frischen Lebensmittel ausgingen, eben genügen. Satt machen würden sie allemal, und das war schließlich alles, was zählte.

Sowie er aus dem Wald heraus die Almwiese betrat, gewahrte

er das fremde Fahrzeug neben seinem alten Traktor: ein wendiges Schneemobil in Grasgrün, das sich wahrhaft schreiend vom reinweißen Untergrund abhob. Hannes kannte nur einen Menschen im Dorf und in der Umgebung, der ein solches Fahrzeug besaß: seinen jüngeren Sohn Tobias. Eben jener war es, der, beladen mit mehreren Paketen, gerade die Hütte betreten wollte. Als spürte er die schweigende Gegenwart seines Vaters, drehte der hochgewachsene junge Mann sich um und winkte, ehe er geduckt im Hütteneingang verschwand.

„Hab dich nicht eingeladen, Tobias, also was willst du hier?", brummte Hannes ungehalten, während er vor der Tür seine Schneeschuhe abstreifte, Rucksack, Handschuhe und Mütze von sich warf und seinem Sohn eilig ins Hütteninnere folgte.

„Wie du siehst, beliefere ich dich mit neuen Vorräten!" Tobias deutete auf die Kisten voller Brot, Butter, Wurst und abgedeckter Gefäße, die er neben dem Tisch abgestellt hatte. „Und im Übrigen: Grüß Gott, Vater, es ist schön, dich zu sehen!"

Tobias lächelte, wobei sich sein rechter Mundwinkel etwas höher hob als der linke, genau wie es bei seiner Mutter gewesen war.

„Hmmm!" Immer noch etwas misstrauisch, nahm Hannes nach den Lebensmitteln seinen Sohn ins Visier. „Haben Florian und Sabrina also jemanden gefunden, der mir unter irgendwelchen Vorwänden nachspioniert!"

„Also erstens", Tobias bemühte sich, sein Lächeln beizubehalten, „kann von nachspionieren gar keine Rede sein. Und zweitens sind diese Lebensmittel kein Vorwand, sondern eine Notwendigkeit. Sabrina sagte, du hättest längst nicht genug mitgenommen, um bis Weihnachten hier durchzuhalten. Selbst wenn es nicht so wäre, Vater, und ich einfach käme, um nach dir zu sehen – was wäre verkehrt daran? Florian, Sabrina und ich, wir machen uns einfach Sorgen um dich, ganz alleine hier oben in Schnee und Eis!"

„Sorgen? Die könnt ihr euch sparen, denn wie du siehst, bin ich noch am Leben, kann mich problemlos auf den Beinen halten und selbst für mich *sorgen*!"

Ein erneutes, deutlich vernehmbares Magenknurren unterbrach seine Worte, doch Hannes fuhr unbeirrt fort: „Wollte mir gerade mein Essen kochen!"

„Tatsächlich?" Skeptisch wanderte Tobias' Blick von dem leeren Esstisch zur leeren Herdplatte und von dort zu dem schrumpfenden Stapel Dosensuppen in der Zimmerecke. „Ich wusste gar nicht, dass du Linseneintopf magst, Vater."

„Muss ihn ja auch nicht mögen – Hauptsache ist doch wohl, er füllt meinen Magen. Deshalb setz du dich getrost wieder auf dein grünes Monster da draußen, brause ins Tal und berichte den anderen, dass es mir oben auf der Alm ganz hervorragend geht!"

„Du bist also fest entschlossen, weiter hier zu bleiben, Vater – selbst wenn ich dich im Namen der Familie bitte, wieder nach Hause zu kommen?!"

„So ist es, Bub. Momentan ist diese Hütte mein Zuhause." Hannes wandte seinem Sohn den Rücken zu. Er musste zugeben, es war ein geschickter Schachzug seiner Schwiegertochter, Tobias mit dieser Bitte zu ihm zu senden. Seit jeher fiel es ihm bei seinem Jüngsten schwerer, ihm einen Wunsch abzuschlagen, als bei jedem anderen. Doch diesmal würde er nicht nachgeben. Weder Tobias' bittender Blick noch sonstige Bestechungsversuche, wie die Kisten mit den Lebensmitteln, würden ihn dazu bringen, vor dem Fest wieder ins Tal mit seinen weihnachtsbesessenen Bewohnern zurückzugehen. Hannes schlüpfte aus seinem Parka und griff an Tobias' Vorräten vorbei nach einer Dose.

„Das dachte ich mir, alter Dickschädel!", murmelte Tobias in seinen dunklen Stoppelbart. Dann öffnete er entschieden einen von Sabrinas feuerfesten Behältern. Sichtbar wurde der knusprig-braune Rücken eines Bratens. Der würzige Duft der Fleischsoße erfüllte im Nu die ganze Hütte. In einem weiteren Behälter, den Tobias nicht minder entschieden neben den Braten auf die lauwarme Ofenplatte knallte, befanden sich die zugehörigen Kartoffelknödel samt Blaukraut.

„Okay, Vater, ich werde ohne dich zurückfahren; aber erst, nachdem wir miteinander diesen Braten vertilgt haben! Du bist nämlich nicht der Einzige hier mit einem knurrenden Magen, und als armer Junggeselle bekomme ich nicht jeden Tag so eine köstliche Mahlzeit vorgesetzt!"

„Wenn es wirklich sein muss!“ Hannes stellte die Dosensuppe zurück an ihren ursprünglichen Platz und registrierte halb verärgert, halb erfreut, dass sein Jüngster mit 25 Jahren durchaus in der Lage war, ihm die Stirn zu bieten. Wurde Zeit, dass der Bub seine eigene Familie gründete, und zwar mit einer Frau vom guten alten Schlag, wie seine Rosi es gewesen war …

# *Kapitel 6*

*22. Dezember*

Na, wer ist bereit für das große Abenteuer?", fragte Chris am Morgen ihres Aufbruchs ins Gebirge.

„Ich, Tante Chrissi, ich!", quietschte Josie aufgeregt.

Im Rückspiegel beobachtete ihre Tante amüsiert, wie die Sechsjährige ihren Kindersitz und die ganze Rückbank des Wagens ins Beben brachte, während sie beidhändig und mit ausladenden Bewegungen aus dem Heckfenster winkte. Neben ihr saß Juju, der lediglich eine Hand hob und diese bedächtig von einer Seite zur anderen bewegte. Sein schmales Gesicht unter dem blonden Haar wirkte eher unglücklich als aufgeregt, seine großen blauen Augen ließen die Eltern, die hinter dem Wagen immer kleiner wurden, nicht aus dem Blick. Als Chris die Kurve zur Hauptstraße nahm und die Eltern ganz verschwanden, drückte er Murmel, sein Plüschtier, fest an die Brust und starrte einen Augenblick lang unbeweglich vor sich hin.

Natürlich freute Juju sich auf den Familienurlaub in den Bergen, vor allem auf den Schnee und das Weihnachtsfest, aber er freute sich ganz und gar nicht darüber, dass sie nicht alle gemeinsam dorthin fuhren. Zwar würden Papa und Mama in zwei Tagen nachkommen – aber eben nicht heute und jetzt. *Jetzt* standen sie dort hinten und waren schon gar nicht mehr zu sehen, während Tante Chrissis Auto ihn immer weiter von ihnen fortbrachte. So hatte er sich die Reise ins Gebirge nicht vorgestellt, und ehrlich gesagt war er ein wenig böse auf seinen kleinen Bruder. Als ob der nicht schuld wäre an dem ganzen Unglück, hatte er vorhin, als Juju Mama zum Abschied umarmte, so heftig in ihrem Bauch herumgezappelt, dass Juju es deutlich gespürt hatte. Kein Wunder, dass er fröhlich zappeln konnte – *er* blieb ja auch bei Mama!

Juju seufzte und Chris musterte ihn nachdenklich. Deutlicher hätte ihr Neffe nicht ausdrücken können, was er momentan über das große Abenteuer dieses Urlaubs dachte, und ihr selbst erging es keinen Deut besser. Allein die lange Fahrt, die sie eben angetreten hatten, der Gedanke an ihr einsames Häuschen im Schnee, das sie zunächst allein mit den Kindern bewohnen würde, ließ sie innerlich erschauern. Doch in Anbetracht von Jujus Abschiedsschmerz – und selbstverständlich auch von Josies Vorfreude – durfte sie sich nichts davon anmerken lassen. Chris streckte ihre Hand nach hinten, lächelte und knuffte Juju aufmunternd ins Bein.

„Und du, Juju? Freust du dich schon darauf, deinen ersten Schneemann zu bauen oder mit Josie das erste Mal auf dem großen Schlitten den Berg hinunterzusausen?“

„Nur ein wenig!“, antwortete Juju einsilbig.

„Natürlich freut er sich, Tante Chrissi!“, ergänzte Josie eifrig. „Er hat es nur noch nicht richtig gemerkt, weil Mama nicht da ist. Aber wenn er den Schnee erst mal sieht, freut er sich riesig, nicht wahr, Juju?“ Sie beugte sich hinüber zu ihrem zehn Minuten jüngeren Bruder und legte ihm mütterlich die Hand auf die Schulter.

Chris' Lächeln wurde breiter. Schon mit ihren sechs Jahren war Josie in ihrer Fürsorglichkeit eine echte kleine Linda! *Fehlt nur noch, dass sie Juju Schäfchen nennt!* , dachte sie, sagte laut jedoch nur: „Das freut mich zu hören, ihr beiden! Was haltet ihr übrigens davon, wenn wir einen Wettbewerb veranstalten: Wer von uns als Erste oder als Erster Schnee sieht, also Schneeflocken oder Schnee am Straßenrand, der darf … der darf …“

„Der darf heute Abend gaaaaanz lange aufbleiben!“, beendete Josie Chris' Überlegung. „Oh ja, das machen wir! Ich hab sowieso die besten Augen von uns allen!“

„Soso. Wenn du dich da nur nicht täuschst! Ich bin sicher, Juju wird dir diese Sache nicht so leicht machen – stimmt's, Juju?“ Chris zwinkerte ihrem Neffen zu, und endlich lächelte auch er. „Stimmt!“, verkündete er dabei, richtete sich kerzengerade auf und seinen Blick aus dem Seitenfenster, damit ihm dort draußen nichts mehr entgehen konnte. Auf keinen Fall durfte er den ersten Schnee verpassen!

„Und bis es so weit ist, könnten wir eine CD einlegen, finde ich!“ Chris machte sich bereits an dem Stapel der CDs zu schaffen, der von Linda mitsamt dem Reiseproviant in einem Korb auf dem Beifahrersitz platziert worden war. „Was mögt ihr lieber – Musik oder ein Hörspiel?“

„Ein Hörspiel!“, tönte es einmütig von der Rückbank. Während der Wagen die Vororte ihrer Heimatstadt hinter sich ließ, erklang die Titelmelodie des derzeitigen Lieblingshörspiels der Zwillinge.

Etliche Hörspiele und einige Stunden später, nachdem alle gemeinsam eine mittägliche Rast eingelegt und die Zwillinge ein Schläfchen gehalten hatten, fuhr Josie plötzlich in ihrem Sitz auf, hämmerte mit beiden Händen gegen die Scheibe und rief: „Schnee!!! Da ist er endlich, seht doch – da liegt Schnee!“

„Tatsächlich!“, bestätigte Chris, nachdem sie sich von ihrem Schrecken wegen des lauten Ausbruchs erholt hatte. Auf der linken Wagenseite und damit auf derjenigen, wo Josie saß, zierten vereinzelte weiße Flecken den schmalen graubraunen Grasstreifen zwischen der Autobahn und dem nahen Wald. „Es sind zwar nur ein paar winzige Flecken, aber immerhin! Siehst du ihn auch, Juju?“

„Ja, tu ich!“, bestätigte Julius und dachte in seiner Freude darüber gar nicht mehr an Mama zu Hause oder daran, sich wegen des verlorenen Wettbewerbs zu ärgern. Wen interessierte es schon, wer ihn zuerst gesehen hatte – Hauptsache, der Schnee, für den er seit Wochen gebetet hatte, ließ sich endlich, endlich blicken!

Allmählich ging auch die hügelige, waldige Landschaft neben der Autobahn in Berge über, die vereinzelten Flecken aus Schnee verwandelten sich in eine größere Fläche und plötzlich bestand die Welt nur noch aus weißen Feldern, Wiesen, Wäldern und Bergen.

„Nun seht euch das an – ist das nicht großartig?“, bemerkte Chris. Josie begann zu singen: „Es schneit, es schneit, kommt alle aus dem Haus“. Chris und Juju stimmten lauthals mit ein und dann fielen wahrhaftig die ersten Flocken vom Himmel. Zuerst waren es nur ein, zwei, drei Stück, die wie kleine weiße Federn vor Tante Chrissis Kopf ans Autofenster wehten, aber im Handumdrehen wurden sie zu einer ganzen fröhlich tanzenden Schar.

Gemeinsam mit ihrer Tante sangen die Zwillinge alle Lieder über Schnee und alle Weihnachtslieder, deren Text sie auswendig konnten. Als ihnen keines mehr einfiel, gingen sie zu einer CD mit Weihnachtsmusik über. Josie klopfte an ihrem Autofenster den Takt und Juju pfiff ein paar einzelne Töne dazu. Ganz treffend waren die Töne nicht – immerhin hatte er das Pfeifen eben erst gelernt –, gute Laune machte es aber auf jeden Fall.

Stundenlang hätte er noch in dieser Weise weitermachen mögen, wenn nicht seine Tante immer stiller und unbeweglicher geworden wäre. Mit gerunzelter Stirn starrte sie zwischen den Scheibenwischern, die immer rascher über die große Scheibe ruckten, auf die Straße und den Schnee, der immer dichter fiel. Irgendwann konnte Juju den vielen Flocken gar nicht mehr mit den Augen folgen, ohne dass ihm übel wurde, und wahrscheinlich ging es Tante Chrissi ebenso. Juju hörte auf zu pfeifen, fast zeitgleich stoppte Chris die CD und bog von der Autobahn ab auf eine viel schmalere Straße.

Mittlerweile wehte der Schnee wie ein blickdichter Vorhang um den Wagen und die Dunkelheit brach herein, obwohl es erst früher Nachmittag war. Chris lehnte sich über ihrem Lenkrad weiter nach vorne in der Hoffnung, damit eine bessere Sicht zu haben. „Leichter Schneefall im Voralpenland“, hatte es heute Morgen im Wetterbericht gut gelaunt geheißen. Die Zwillinge und sie hatten die weiße Pracht, die sich momentan – zumindest für ihre Begriffe – zu einem wahren Schneesturm auswuchs, auch noch ausgelassen begrüßt. Im Normalfall hielt Chris sich für eine routinierte Autofahrerin, die (mithilfe ihres Navis) auch jedes Ziel fand, aber diese Verhältnisse überforderten sie eindeutig. Sie wischte sich den Schweiß von der Stirn.

Glücklicherweise war mit ihnen noch ein weiterer Wagen auf die Bundesstraße abgebogen, dessen Rücklichtern sie nun folgen konnte, wenn schon die Straße kaum mehr erkennbar war. Blieb nur zu hoffen und zu beten, dass dieser Fahrer wusste, was er tat, und möglichst bis zu ihrem Zielort vor ihnen blieb.

„Das ist ein echter Schneesturm, nicht, Tante Chrissi?", fragte Josie von hinten. „Wie cool. Den gab's nicht mal bei Heidi!"

„Tatsächlich?" Chris hörte nur mit halbem Ohr hin, während ihre Augen sich irritiert auf ihr Navi richteten. Sie hatte es während ihres „Weihnachtskonzertes" auf stumm gestellt, sodass es schon länger keinen Ton mehr von sich gegeben hatte, aber nun blinkte es leuchtend rot auf. Es hatte den Empfang verloren!

Chris ging vom Gas und tippte etliche Male auf den Bildschirm, um das Signal wiederherzustellen – vergeblich. Natürlich, wie sollte auch irgendein Signal dieses Schneegestöber durchdringen?! Sie schluckte schwer, blickte zurück auf die Straße – und hielt entsetzt die Luft an: Die roten Rücklichter vor ihr waren verschwunden. Schlicht und einfach fort, vom Schnee verschluckt. Auch hinter ihrem Wagen nicht der Schimmer eines Lichtes, wie ein Blick in den Rückspiegel ihr bestätigte. Sie war vollkommen auf sich gestellt!

Mit zitternden Knien ging sie noch weiter vom Gas, folgte im Schneckentempo dem vom Schnee verschleierten grauen Band der Bundesstraße und dachte nur eines: Wie um alles in der Welt konnte ich mich nur darauf einlassen, alleine mit den Kindern loszufahren?!

# *Kapitel 7*

Chris wusste nicht zu sagen, wie lange sie so – alle drei bedrückt und schweigsam – dem grauen Band der Straße gefolgt waren, bis auch dieses nicht mehr grau, sondern schneeweiß war. Die Leitpfosten am Straßenrand waren schon längst nicht mehr zu sehen. Wahrscheinlich trieb der Wind den Schnee genau gegen die Reflektoren. Seit sie die Rücklichter des vorausfahrenden Wagens aus den Augen verloren hatte, konnte sie auch keine Spur eines anderen Fahrzeugs mehr entdecken, ganz zu schweigen von Dörfern oder zumindest einzelnen Häusern am Straßenrand.

Chris war quasi orientierungslos und zudem mit den Kindern vollkommen allein auf weiter Flur. Hatte es unter diesen Bedingungen überhaupt noch einen Sinn weiterzufahren, oder sollte sie lieber umkehren und ihren eigenen Reifenspuren zurück zur Autobahn folgen? Aber das war natürlich Unsinn, denn selbst wenn man die Spuren noch sehen könnte, wäre die Strecke viel zu weit …

Ratlos stoppte Chris ihren Wagen, zog die Handbremse

an und wandte sich bei laufendem Motor um zu den Zwillingen.

„Wir sollten beten, Kinder!", schlug sie vor, und war beim Blick in die beiden kleinen, beklommenen Gesichter froh, dass ihre Stimme dabei zuversichtlicher klang als ihr zumute war. „Alleine kommen wir hier nicht mehr recht weiter, nachdem die Straße so zugeschneit ist, dass ich sie kaum mehr erkenne. Dabei haben wir noch ein ganzes Stück zu fahren, soviel ich weiß." Hilflos zuckte sie die Schultern. „Also, wer von euch mag anfangen zu beten, dass der Vater im Himmel uns bewahrt und trotz allem gut ans Ziel bringt?"

„Das mache ich!" Heute war Juju schneller als seine Schwester. „Ich habe schließlich auch dafür gebetet, dass es so viel schneit!"

„In Ordnung!", stimmte Chris zu und lauschte Jujus und Josies Gebeten voller Vertrauen, dass Gott sie auch auf der verschneiten Straße sicher ans Ziel führen würde. Sie konnte den beiden nur inbrünstig zustimmen.

Nachdem sie geendet hatten, blieb es einen Augenblick still im Wagen, dann sagte Juju: „Seht mal, dort vorne ist ein langer orangefarbener Stab im Schnee!" Er deutete nach vorne rechts, wo, trotz des Vorhangs aus Schnee und eben noch im Lichtkegel des Autoscheinwerfers erkennbar, in der Tat ein Stab im Schnee steckte.

„Auf meiner Seite ist auch einer!", meldete sich Josie, „nur nicht neben dem Auto, sondern ein Stück weiter oben! Wenn ich im Sitz nach unten rutsche, kann ich ihn aus meinem Fenster grade noch sehen."

„Seltsam. Normalerweise würde ich diese Stäbe für eine besondere Art der Straßenmarkierung halten, aber sie sind überhaupt nicht da platziert, wo ich die Straße vermute! Ich glaube, das muss ich mir genauer ansehen", überlegte Chris, „und zwar von draußen. Josie, gib mir doch bitte meine dicke Jacke aus dem Gepäckraum! Ihr beide bleibt derweil sitzen, in Ordnung?"

Chris schlüpfte in ihre nagelneue Skijacke, stülpte die Kapuze über den Kopf, vergewisserte sich, dass die Handbremse sicher angezogen war und griff sich das Handy, das ihr als Lichtquelle dienen würde. Mit einem letzten Blick in Jujus furchtsam aufgerissene Augen versprach sie: „Ich gehe nur so weit vom Wagen weg, dass ich euch noch rufen höre, Juju. Du wirst sehen, ich bin im Nu wieder da!"

Chris öffnete die Wagentür. Sie tat das nicht gerne. Im Grunde sträubte sich alles in ihr dagegen, die ihr anvertrauten Kinder alleine zu lassen, aber sie hatte keine andere Wahl: Diese Stäbe waren der einzig mögliche Hinweis auf die Straße, die sie so dringend benötigten, um das „Niemandsland" hier hinter sich zu lassen. Wenn sie erst sicher sein konnte, dass es sich dabei tatsächlich um die Markierung handelte, würden sie sich eben im Schritttempo von einem Stab zum nächsten vorantasten – solange sie nur unbeschadet an ihren Bestimmungsort gelangten!

Noch ehe sie die Autotür wieder geschlossen hatte, riss eine Windböe Chris die Kapuze vom Kopf und beförderte einen Schwung Schnee auf den Fahrersitz. Egal, jetzt war nicht die Zeit, auf Nebensächlichkeiten zu achten. Chris versetzte der Tür einen Stoß, hielt mit einer Hand die Kapuze über ihrem Kopf fest und bahnte sich ihren Weg. Bis fast zur Hälfte der kniehohen Stiefel versanken ihre Beine im Schnee. Die Flocken waren längst keine weichen, fedrigen Gebilde mehr, sondern schlugen wie kleine, vom Wind getriebene Eisgeschosse auf der Haut auf. Doch Chris stapfte entschlossen auf den ersten der Stäbe zu. Er steckte in einer Schneewehe, die er schätzungsweise einen Meter hoch überragte. Chris erkannte auffällige orange-schwarze Farbstreifen – eindeutig ein Markierungspfosten.

Ihr Handy mit eingeschalteter Taschenlampe hoch erhoben, drehte sich Chris auf der Suche nach dem folgenden Stab einmal um sich selbst. Doch sie sah nichts als Schnee und noch mehr Schnee in der Richtung, wo sie nach wie vor die Straße vermutete. Der Pfosten, den Josie erspäht hatte, befand sich eher in der entgegengesetzten Richtung und zudem oberhalb von Chris' Standpunkt. Trotzdem hielt sie darauf zu und spürte dabei, wie sie sich hangaufwärts mühen musste. Als sie ihn erreicht hatte, befand sie sich tatsächlich etwas oberhalb ihres Autos – und noch in Reichweite ihres Lichtstrahls steckte ein weiterer Stab im Schnee. Ermutigt strebte Chris weiter, bis sie wenige Minuten später sicher war: Die orange-schwarzen Holzstäbe markierten die Ränder der Straße! Eine Serpentinenkurve war offenbar der Grund dafür, dass die ersten beiden Pfosten ungewöhnlich versetzt standen. Zudem stieg die Straße spürbar an. Chris war froh, dass sie sich endlich wieder orientieren konnte!

Sie eilte zurück zum Wagen, so rasch Wind und Schnee es erlaubten, ließ sich auf den feuchten Fahrersitz fallen und lächelte die Zwillinge aufmunternd an: „Da bin ich wieder – und dank der Stangen, die ihr entdeckt habt, weiß ich jetzt auch, wo es weitergeht. Also los!"

Weitere fünfzehn Minuten vergingen, während Chris mit angespannten Nerven im zweiten Gang das schmale Schneeband zwischen den Pfosten entlangkroch. Josie und Juju halfen dabei, die jeweils nächste Markierung zu erkennen, und mit jedem zurückgelegten Meter wuchs Chris' Hoffnung, doch noch heil anzukommen.

„Jetzt ist es sicherlich nicht mehr weit bis zum nächsten Ort!", bemerkte sie und nahm die folgende Kurve etwas schwungvoller als die zuvor. Zu schwungvoll, wie sich herausstellte, denn ein lautes Krachen und Knirschen bereitete ihrer Fahrt ein jähes Ende.

„Was war das?", quiekte Josie. Doch in ihrem eisigen Schrecken war Chris nicht in der Lage zu antworten. Mit zitternden Knien griff sie erneut nach ihrem Handy und wollte den Wagen verlassen, um nachzusehen. Doch ihre Tür ließ sich, trotz mehrerer Versuche, nicht öffnen. So stieg sie, noch mehr verunsichert, auf der Beifahrerseite aus. Ein erster Blick nach vorne, von wo das Knirschen gekommen war, offenbarte ihr bereits das ganze Ausmaß des Unglücks: Sie hatte ein Mäuerchen gerammt und teilweise durchbrochen, sodass ihr linkes Vorderrad in der Luft über einem steilen Abhang schwebte, den die Mauer bis eben noch begrenzt hatte!

Starr vor Entsetzen verharrte sie einige Sekunden. Ohne das Grenzmäuerchen oder mit wenigen Stundenkilometern mehr auf dem Tacho wären sie zweifellos samt dem Wagen in die waldige Schlucht gestürzt! Und wenn die Fahrertür nicht soeben geklemmt hätte … Doch dann erwachte sie aus ihrer Erstarrung. Sofort riss sie Josies Tür auf und zerrte beide Kinder aus ihren Sitzen und dem Auto, griff automatisch auch nach Jacken und Mützen, nahm die Kinder bei der Hand und eilte mehrere Meter den Weg hinab. Erst in sicherer Entfernung von dem Auto in seiner instabilen Position machte sie Halt.

„Was ist denn los?“ Verwirrt blickte Juju zu ihr auf, und Josie setzte hinzu: „Haben wir einen Unfall?“

„Gewissermaßen! Wir sind gegen ein Mäuerchen gefahren – daher der Krach!“ Chris hoffte, dass ihre betont harmlose Erklärung die Zwillinge beruhigte. „Und ich fürchte, mein

Wagen ist hinüb … – im Moment nicht mehr brauchbar, meine ich!“

„Dann müssen wir also zu Fuß weitergehen?“, folgerte Juju. Chris, die bislang an nichts weiter gedacht hatte als an einen ausreichenden Sicherheitsabstand vom Unfallort, nickte: „So leid es mir tut, ihr beiden, aber das müssen wir wohl!“

„Quatsch! Nimm doch einfach dein Handy und ruf jemanden an, der kommt und uns hilft!“, widersprach Josie in kindlicher Logik.

„Das würde ich ja gerne, Schatz, aber wegen des Sturms haben wir schon längst keinen Empfang mehr, weder das Navi im Auto noch mein Handy!“, erklärte Chris. „Es ist genau, wie Juju gerade sagte: Wir müssen zu Fuß weiter. Also schlüpft rasch in eure Jacken, ehe ihr noch mehr durchnässt werdet, und wir marschieren los! Vielleicht kommt ja schon bald ein anderer Wagen die Straße entlang, der uns mitnehmen kann. Und wenn nicht, gehen wir eben bis zum nächstgelegenen Haus und telefonieren von dort aus nach einem Abschleppdienst!“

Chris war nicht sicher, wem sie mit diesen Worten mehr Mut zusprechen wollte: sich selbst, die immer noch unter Schock stand, oder den Kindern, die nicht ahnten, welcher Gefahr sie eben entronnen waren. Alle drei hatten nun dieselbe ungemütliche Wanderung durch Sturm und Schnee vor sich. Bei den Zwillingen jedenfalls funktionierte ihr Zuspruch: Widerspruchslos ließen sie sich von ihrer Tante den Schnee abklopfen, in die geretteten Jacken und Mützen helfen und möglichst wind- und schneefest darin verschnüren.

„Und jetzt haltet euch immer dicht hinter mir, damit der Wind euch nicht mit voller Wucht trifft! Vor allem aber dürfen wir uns niemals und unter keinen Umständen aus den Augen verlieren, versteht ihr?“

„Klar!“, antwortete Josie für ihren Bruder mit und alle drei setzten sich langsam in Gang.

# *Kapitel 8*

Nie und nimmer hätte Juju es für möglich gehalten, dass es so viel Schnee auf einmal geben konnte. Die weißen Flocken waren einfach überall: Der Wind blies sie ihm eiskalt ins Gesicht, wirbelte sie um seinen ganzen Körper und schüttelte sie von den Bäumen neben dem Weg. Sie deckten einfach jeden Zentimeter Boden zu. Auch die Stellen, auf die er eben noch getreten war und wo er einen Fußabdruck hinterlassen hatte, waren im Nu wieder zugedeckt. Eigentlich konnte Juju, abgesehen von Tante Chrissi und Josie in ihren dicken Jacken, gar nichts anderes mehr sehen als Schnee. Wo in dieser eigenartigen, weißen, nächtlichen Welt waren nur all die Autos geblieben, die bis vor Kurzem noch vor und hinter ihnen gefahren waren, und die Häuser und die anderen Menschen? Wie lange mussten sie wohl wandern, um wieder auf diese zu stoßen?

Gerade, als er begann, sich nicht nur unangenehm nass und kalt, sondern obendrein verlassen und einsam zu fühlen, kam ihm ein neuer Gedanke. Auch lange, lange Zeit vor ihm, seiner Tante und seiner Schwester hatte es Menschen gegeben, die eine beschwerliche und vielleicht auch einsame Wanderung durch die Dunkelheit unternommen hatten …

Juju machte zwei rasche Schritte nach vorne, sodass er neben seiner Schwester laufen konnte, und teilte ihr seine Gedanken mit: „Weißt du, was ich finde, Josie? Uns geht es jetzt genau wie Maria und Josef damals, als sie durch die dunkle Nacht liefen. Sie hatten schon eine weite Reise hinter sich – genau wie wir gerade, nur dass sie zu Fuß und auf dem Rücken eines Esels gereist sind und nicht mit dem Auto – und waren furchtbar müde und haben doch keine Herberge gefunden, wo sie ausruhen konnten."

„Wir suchen aber gar keine Herberge zum Ausruhen, sondern ein Auto, das uns mitnimmt, oder ein Haus zum Telefonieren!", hielt Josie dagegen.

Doch Juju ließ sich nicht beirren. Noch ein wenig lauter, damit Josie trotz des pfeifenden Windes und des Rauschens der hohen Bäume ringsum wirklich jedes Wort verstehen konnte, fuhr er fort: „Und denk nur an die Weisen aus dem Morgenland: Die sind auch immer bei dunkler Nacht gereist, als sie nach dem neugeborenen König suchten, weil sie ja nur den Stern hatten, der ihnen den richtigen Weg zeigte. Genauso geht es uns jetzt! Es ist dunkel und wir haben nur Tante Chrissis Handylicht, das uns den richtigen Weg zeigt, und die Stangen am Straßenrand. Vielleicht haben die Weisen auch manchmal den Stern aus den Augen verloren, so wie wir die Straße. Zum Beispiel bei Regenwolken oder wenn es neblig war – dann mussten sie erst wieder nach dem Stern und dem Weg suchen, um weiterzukommen!"

„Puh, was du dir nur immer ausdenkst!" Josie zog eine Hand aus der Jackentasche und wischte sich unwillig die Haare beiseite, die ihr unter Mütze und Kapuze hervor ins Gesicht gerutscht waren. Wenn nur nicht alles so grässlich nass und kalt wäre! Ihre Finger waren halb erfroren, die Nase fühlte sich so an, als gehörte sie gar nicht zu ihrem Gesicht, und ihre Füße in den durchweichten Schuhen erst … Sie fragte sich ernsthaft, ob ihr später, wenn das alles vorbei war, ein paar Zehen abfallen würden; so starr und steif wie Wiener Würstchen aus dem Tiefkühlfach waren sie. Es konnte wirklich nur ihr kleiner Bruder sein, der sich bei solcher Eiseskälte mitten in einem Schneesturm Geschichten ausdachte!

„Ach was, bei denen hat es nicht geregnet, sie sind doch mit Kamelen durch die heiße Wüste gewandert, und den Weg verloren haben sie gewiss auch nicht. So was passiert nur uns in diesem ekelhaften Schneesturm!", stellte sie fest. Dabei merkte sie, wie ihre Unterlippe zitterte und ein seltsam warmer Tropfen über ihre Wange lief.

„Also, ich finde deinen Vergleich mit Maria und Josef und den Weisen sehr treffend, Juju!", mischte Tante Chrissi sich ein. „Wir denken nur viel zu selten daran, wie mühsam und beschwerlich ihr Weg war, weil uns die Geschichte schon viel zu vertraut ist. Und ist es nicht wunderbar zu wissen, dass Gott sie trotz allem sicher ans Ziel geführt hat, Josie, und dass Maria und Josef ihren Ruheplatz fanden?“

„Vielleicht!“, schniefte Josie. „Ich wünschte nur, Gott würde sich damit bei uns ein bisschen beeilen, denn sonst erfriere ich!“

„Das tut er bestimmt, wirst schon sehen!“ Juju steckte seine rechte Hand mit zu Josies in deren Jackentasche und hielt sie tröstend fest. Sicherlich hatten die Weisen sich auch manchmal gegenseitig aufmuntern müssen.

„Und dort vorne steckt auch schon unser nächster Stab im …“ Chris unterbrach sich. Das Licht, das sie darauf gerichtet hatte, flackerte kurz und erlosch.

Der Handy-Akku war leer. Vollständig leer.

Einen Augenblick verharrten die drei Wanderer und starrten reglos in die Dunkelheit, die jetzt noch dunkler schien als gerade eben. Endlich fasste sich Chris und ordnete an: „Gebt mir eure Hände und lauft neben mir, selbst wenn der Wind uns dann noch heftiger um die Ohren pfeift. Jetzt ist es doppelt wichtig, einander nicht zu verlieren!“

„Aber wie – wie sollen wir ohne Licht die Stäbe finden?“ Klappernd schlugen Josies Zähne aufeinander und ein Schauder lief durch ihren ganzen Körper.

„Nun, die Richtung zum letzten haben wir noch im Kopf,

und wenn wir den erreicht haben, sehen wir weiter!“ In gebeugter Haltung setzte Chris sich wieder in Bewegung, an jeder Hand einen der Zwillinge. Doch noch viel mehr als vor Sturm und Schnee beugte sie sich unter der Last der Verantwortung für die Kinder. Zwei kostbare Menschenleben waren ihr anvertraut worden. Doch um sie zu bewahren, brauchte sie Gottes Eingreifen, jetzt mehr denn je. Sie brauchte ein Wunder.

Als die drei den nächsten Stab hinter sich gelassen hatten und einfach geradeaus weitergingen, wichen die Bäume zu beiden Seiten ihres Weges zurück. Sie betraten eine freie Fläche, wo der Wind ihnen den Schnee fast waagerecht ins Gesicht schleuderte. Josie schluchzte auf und fast hätte Juju es ihr gleichgetan. Der Schnee fühlte sich an wie winzige spitze Nadeln, die ihm das Gesicht zerstachen. Allein seine Vorstellung von der Wanderung der Weisen hielt ihn vom Weinen ab.

Was hätten diese drei Männer getan, wenn sie ganz plötzlich ohne Stern, Licht und Wegweiser dagestanden hätten? Juju hob seinen gesenkten Kopf und blickte nach oben, obwohl die Nadeln so noch viel schmerzhafter stachen. Was er zu sehen bekam, war Schnee, Schnee und noch einmal – nein, da war noch etwas anderes als Schnee. So etwas wie eine Lücke im dichten Schneevorhang, ein hellerer Fleck. Während sie weiter einen immer steileren Hang hinaufkeuchten, wurde er noch etwas heller.

Juju blieb stehen und deutete darauf. „Seht doch, dort oben

ist etwas! Ich weiß nicht was, aber irgendetwas ist dort … anders!"

Nun blickte auch seine Tante nach oben, wischte sich den Schnee aus den Augen und stellte fest: „Wirklich erkennen kann ich es nicht, Juju, aber du könntest recht haben! Also lasst uns noch einmal alle Kraft zusammennehmen und darauf zugehen. Du auch, Josie, komm!"

Sanft zog sie das erschöpfte Mädchen mit sich und betete bei jedem Schritt, dass es sich bei Jujus „Etwas" um eine menschliche Behausung handeln möge. Mit jedem Schritt wurden auch die Kinder an ihren Händen und Chris' Atem schwerer, bis sie glaubte, demnächst selbst zusammenzubrechen. Exakt in diesem Augenblick stoppte Juju. Direkt vor ihnen erhoben sich die Mauern eines Hauses. Aus seinem winzigen Fenster fiel ein schwacher Lichtschein.

Ungläubig starrte Juju auf die Mauern aus nacktem rauem Stein und die fest verschlossene, hölzerne Tür. „Die Herberge!", stieß er atemlos hervor. „Es ist die Herberge aus der Geschichte! Du musst klopfen, Tante Chrissi! Klopf!"

Doch noch ehe seine Tante dazu kam, öffnete sich die Tür und vor ihnen stand ein alter Mann, der niemand anders sein konnte als der Herbergswirt. Oben auf dem Kopf war er vollkommen kahl, nur um die Ohren und im Nacken wuchsen ein paar zottelige graue Haare. Ebenso grau waren auch sein Bart und sein dicker Wollpullover. *Wenn er uns nur nicht fortschickt so wie Josef und Maria,* dachte Juju, *bitte, er darf uns einfach nicht fortschicken!*

In Jujus Kopf drehte sich alles, seine Gedanken schlugen Purzelbäume und verhedderten sich miteinander, bis er wirklich nicht mehr wusste, ob er nun Josef war, der vor der Herberge in Bethlehem stand, oder doch nur Juju, dessen Beine gleich unter ihm wegknicken würden …

Schließlich öffnete der Herbergswirt oder der alte Mann tatsächlich seinen Mund, aber heraus kam nur ein einziges Wort: „Oha!“ Einen Augenblick später begann seine Tante zu sprechen: „Guten Tag oder Abend oder wie auch immer. Ich habe keine Ahnung, wie spät es schon ist. Aber wir hatten irgendwo dort unten“, mit dem Kinn zeigte sie hangabwärts, „einen kleinen Autounfall und müssten dringend telefonieren. Wäre das bei Ihnen möglich?“

„Bitte!“, setzte Juju sicherheitshalber hinzu und reckte sich ein wenig, während Josie sich einfach seufzend auf der Türschwelle zu Boden sinken ließ und an dem Mann vorbei ins trockene Hausinnere kroch.

„Das mit dem Telefonieren dürft' schwierig werden!“ Die Stimme des Mannes war rau, aber nicht ganz unfreundlich, als er fortfuhr: „Aber jetzt kommt's erst mal rein alle miteinander, dann sehen wir weiter!“

*Er schickt uns nicht weg!* Mit diesem Gedanken sank auch Julius auf den warmen, trockenen Boden der Hütte.

# *Kapitel 9*

Entgeistert starrte Hannes auf die drei verschneiten Gestalten, die der Schneesturm ihm fast buchstäblich in die Wohnstube geweht hatte: Zwei Kinder und eine junge Frau, vermummt in dicken Jacken mit Kapuzen und dennoch klatschnass, mit blau gefrorenen Lippen und klappernden Zähnen. Die am Boden kauernden Kinder sahen zudem aus, als würden sie heute keinen Fuß mehr vor den anderen setzen. Sie mussten schon ein gutes Stück durch Schnee und Wind gestapft sein, um derart mitgenommen zu sein!

„Jetzt erst mal raus aus dem nassen Zeug, sonst holt ihr euch noch den Tod!", kommandierte er wenig feinfühlig und unterbrach damit die junge Frau, die schon wieder vom Telefonieren sprach. „Alles andere kann warten! Hier drin", er schob seine Besucher durch die Tür zu seiner winzigen Schlafkammer, „zieht ihr euch aus, und zwar jedes einzelne nasse Kleidungsstück! Sie, junge Frau, finden vielleicht im Kleiderschrank irgendetwas Trockenes zum Anziehen. Ihr Kinder hüllt euch einfach in die Laken und Decken von meinem Bett, bis euer eigenes Zeug wieder trocken ist! Alles klar?“

Ohne eine Antwort abzuwarten, schloss er die Tür zur Schlafkammer und überließ die drei sich selbst. „Kommt, ich helfe euch aus euern Jacken!“, hörte er die Stimme der jungen Frau. Eines der Kinder antwortete: „Der alte Mann ist nicht sehr freundlich, oder, Tante Chrissi? So ähnlich wie der Herbergswirt, als er Josef und Maria einfach wegschickte!“

„Er ist vielleicht ein wenig barsch, aber ich bin sicher, er meint es gut. Und weggeschickt hat er uns auch nicht, wie du siehst! Aber jetzt halte bitte still, Juju, damit ich dich aus deiner pitschnassen Hose schälen kann. Wie weit bist du, Josie, kommst du klar?“

Hannes verschloss seine Ohren vor dem weiteren Geplapper und Rascheln aus dem Nebenraum. Aus seiner Schlafstube! Das hatte ihm gerade noch gefehlt: Drei Fremde, die sich da ungebeten in seiner Hütte breitmachten und ihm für wenigstens diese eine Nacht die ersehnte Ruhe rauben würden! Denn sie bei diesem Wetter wieder ins Freie zu schicken, war unmöglich. So unfreundlich oder barsch, wie die Frau es genannt hatte, er auch war. Was sein musste, musste eben sein …

Widerwillig schritt er durch die Nebentür in den leeren Stall, holte einen Melkeimer und eine flache Schüssel, die normalerweise zum Käsemachen benutzt wurde. Er füllte beide Gefäße mit kaltem Wasser und legte zwei weitere Holzscheite auf das

Feuer in seinem Küchenherd. Kaum hatte er die Ofenklappe wieder geschlossen, kehrten die Fremden zurück in die Wohnstube. Ohne sie anzusehen, deutete er auf den Wassereimer vor der Eckbank und die Schüssel auf dem Tisch.

„Hab euch Wasser hingestellt, zum Auftauen. Hände in die Schüssel, Füße in den Eimer, und dann ein bisschen massieren, bis es prickelt!"

Die junge Frau warf ihm einen verwunderten Blick zu, gehorchte aber wortlos. Einen Augenblick später saßen alle drei in der gewünschten Position am Tisch. Unterdessen machte Hannes sich daran, in Ofennähe und quer durch den Raum eine Leine zu spannen, an der später die nasse Kleidung getrocknet werden konnte. Gleichzeitig nutzte er die Gelegenheit, seine Besucher genauer ins Visier zu nehmen. Immerhin würden sie heute unter seinem Dach schlafen.

Harmlos genug sahen sie eigentlich aus: „Tante Chrissi", wie die Kinder sie genannt hatten, trug seine einzige frische Ersatz-Schlafanzughose, die sie beim Gehen hatte festhalten müssen, mit einem seiner Flanellhemden. Darüber wellte sich feuchtes, dunkelbraunes Haar, und ihre ebenso braunen Augen wirkten ausgesprochen sanft. Die Kinder waren von oben bis unten in jeweils eines seiner Bettlaken gehüllt, aus denen nur ihre kurzen Gliedmaßen, die strohblonden Haarschöpfe und ihre von Wind, Schnee und Anstrengung hochroten Gesichter hervorlugten. Städter, konstatierte Hannes, die sich durch einen unglückseligen Zufall wie eine Autopanne ausgerechnet hierher auf seine Alm verirrt hatten!

Als könnte sie seine Gedanken lesen, hob die junge Frau den Kopf und sagte: „Tut mir leid, wir nehmen hier Ihre Gastfreundschaft in Anspruch und ich habe uns noch gar nicht vorgestellt. Ich bin Chris Hoffmann und das hier sind meine Nichte Josephine", sie zeigte auf das Kind mit dem längeren blonden Haar, „und mein Neffe Julius", ein Nicken in Richtung des anderen Kindes, dessen Locken nur unwesentlich kürzer waren. „Wir befanden uns auf dem Weg zu unserem Ferienhaus, als der Unfall passierte und wir das Auto zurücklassen mussten. Ehrlich gesagt, habe ich mittlerweile jede Orientierung verloren."

„Hannes Sonner!", nickte Hannes knapp. „Sie befinden sich hier auf der Sonner-Alm, 1670 Meter hoch und abseits jeglicher Durchgangsstraße gelegen. Die Straße hier herauf ist nicht mal öffentlich!"

„Tatsächlich? Dann muss ich in dem Sturm irgendwo falsch abgebogen sein, eventuell sogar schon, als das Navi …"

Josies klagende Stimme unterbrach Chris' Überlegung. „Meine Zehen tun schrecklich weh, Tante Chrissi, und das kalte Wasser macht es nur noch schlimmer!"

„Ich weiß, Schatz, mir geht es nämlich nicht besser!", beruhigte sie. „Aber die Hauptsache ist doch, dass deine Zehen nachher wieder ganz in Ordnung kommen."

„Richtig! Hat schon mancher Zeitgenosse den einen oder

andern Zeh verloren, der so leicht bekleidet durch die Berge lief! Und bei einem solchen Wetter nicht mal Handschuhe oder richtige Schneestiefel zu tragen, ist schon der Gipfel allen Leichtsinns, würd' ich sagen …", brummte der alte Mann, und Josie fuhr erschrocken zusammen. Das Bild der steif gefrorenen Wiener Würstchen stand ihr nur zu deutlich vor Augen.

„Schon gut, Josie, *deine* Zehen werden alle genau da bleiben, wo sie jetzt sind!" Tante Chrissi nahm Josies nassen Fuß zwischen die Hände, massierte behutsam ihre wehen Zehen und durchbohrte Hannes Sonner mit ihrem finstersten Blick. „Wir hatten einen *Unfall,* Herr Sonner, uns blieb keine Zeit, unsere komplette Wintergarderobe aus dem Wagen zu retten! Abgesehen davon wäre ich Ihnen sehr dankbar, wenn Sie den Kindern nicht unnötig Angst einjagen würden. Sie haben heute schon genug mitgemacht. Und wenn Sie mir jetzt bitte Ihr Telefon zeigen würden, damit ich einen Abschleppdienst rufen kann, sind Sie uns leichtsinnige Zeitgenossen auch ganz rasch wieder los!"

„Ist leider unmöglich!" Bedächtig verknotete Hannes das letzte Stück Wäscheleine an einem Nagel in der Hüttenwand und fragte sich, wie „Tante Chrissis" sanftmütige braune Augen plötzlich solches Feuer sprühen konnten. Offenbar war sie bei (gerechtfertigter!) Kritik genauso empfindlich wie seine Schwiegertochter. „Ich habe vorhin schon versucht, Ihnen das zu erklären: Hier oben gibt's weder Telefon noch eine entsprechende Leitung noch Handyempfang!"

„Kein Telefon und keinen Empfang? Wollen Sie damit sagen, dass ich, selbst wenn draußen nicht der Schneesturm des Jahrhunderts toben würde, und selbst wenn ich noch Akku oder mein Ladegerät hätte, hier oben keine Chance zum Telefonieren hätte??“

„Keine Chance!“, wiederholte Hannes schlicht.

Fassungslos ließ Chris Josies Fuß zurück ins Wasser gleiten, sodass dieses über den Eimerrand schwappte.

„Jetzt hast du mich nass gespritzt, Tante Chrissi!“, beschwerte sich Josie. Und Juju ergänzte: „Außerdem sind wir schon ganz schrumpelig überall! Können wir unsere Hände und Füße nicht langsam mal abtrocknen?“

„Ich glaube schon!“, murmelte Chris geistesabwesend. Sie griff nach dem Handtuch, das Hannes Sonner ihr entgegenstreckte, während ihr müder Verstand krampfhaft zu ergründen versuchte, welche Konsequenzen dessen Erklärung für sie hatte. Dass sie hier nicht telefonieren konnte, bedeutete nicht nur, dass ihr Wagen heute nicht mehr abgeschleppt werden konnte. Es hieß auch, dass sie Linda nicht anrufen und von ihrer glücklichen Ankunft berichten konnte, wie geplant, und Linda sich deshalb Sorgen machen würde. Weiterhin bedeutete es, dass sie sich noch einmal, wiederum zu Fuß, auf den Weg zu einem anderen Ort machen mussten, an dem man ihnen *wirklich* weiterhelfen konnte. Und das, obwohl draußen immer noch der Sturm um die Mauern der Almhütte pfiff und an den

Fensterläden rüttelte. Konnte sie das den Kindern wirklich antun?

Hannes, dem ihr prüfender Blick zum Fenster nicht entgangen war, sagte: „Denken Sie bloß nicht dran, heute noch einmal nach draußen zu gehen, junge Frau! Selbst in trockener Kleidung wäre das der reine Selbstmord. Sie haben keine andere Wahl, als hier in der Hütte zu bleiben und den Sturm auszusitzen. Und der kann länger dauern als nur eine Nacht!"

„Dann schlafen wir heute Nacht hier? Klasse!" Jujus Augen leuchteten erfreut auf. Ihm war endlich wieder warm, seine Gedanken hatten sich entknotet und die Idee, in dieser sogenannten Almhütte zu übernachten, gefiel ihm außerordentlich. Sein Anblick ließ Chris alle Gegenargumente hinunterschlucken.

„Wenn Herr Sonner uns das gestattet", sagte sie lediglich müde.

Hannes nickte ergeben. Er hatte in diesem Fall ebenso wenig eine Wahl wie die drei Reisenden. Abrupt stand er auf und schob einen Topf voll heißer Brühe in die Mitte der Herdplatte. Wer hätte gedacht, dass er Sabrinas Lebensmittelvorräte noch so dringend benötigen würde?

„Ich stopfe euch ein paar Strohsäcke, damit ihr nicht auf dem Boden liegen müsst. Aber zuerst wird was Heißes gegessen!", ordnete er an.

„Oh klasse!", kam es diesmal von Josie. „Ich habe Hunger wie ein Bär!"

# *Kapitel 10*

Geraume Zeit später wurde es still in der Hütte auf der Sonner-Alm. Hannes Sonner hatte sich in die Schlafstube zurückgezogen, nachdem er seine ungebetenen Gäste neben dem Ofen in der Wohnstube einquartiert hatte. Die drei lagen in Decken eingewickelt auf einer Art Matratze aus Jutesäcken, die der Bauer ihnen mit Stroh aus dem Viehstall gestopft hatte, und schmiegten sich eng aneinander. In der anderen Ecke des Raumes hingen ihre noch immer feuchten Kleidungsstücke auf der Wäscheleine. In unregelmäßigen Abständen wurden sie angeleuchtet vom Widerschein des Feuers, der durch einen Spalt an der Ofenklappe drang. Hin und wieder übertönte das Knacken eines brennenden Holzscheites sogar das unablässige Surren und Pfeifen von draußen, wo nach wie vor der Sturm tobte.

„Jetzt ist dein Wunsch, heute Abend ganz lange aufbleiben zu dürfen, tatsächlich in Erfüllung gegangen, Josie!", stellte Chris mit einem letzten Blick auf ihre Armbanduhr fest. „Normalerweise solltet ihr beiden schon seit fast zwei Stunden im

Bett sein!" *Und ich sollte vor mindestens zwei Stunden eure Eltern angerufen haben,* fügte sie in Gedanken hinzu. *Ich hoffe nur, ihre Sorgen um uns lassen Linda heute Nacht überhaupt zur Ruhe kommen!*

„Toll!", antwortete Josie wenig begeistert. „Aber eigentlich sollte nur der Sieger von unserem Schnee-Such-Wettbewerb so lange aufbleiben dürfen, nicht wir alle! Außerdem piekst das Stroh in dem Sack ganz fürchterlich in meinen Rücken! Ich glaube nicht, dass ich heute Nacht überhaupt schlafen kann!"

„Oh doch, das wirst du!", erklärte Chris resolut. „Wenn man nämlich bedenkt, dass wir vor etlichen Stunden noch durch den Sturm und die völlige Dunkelheit geirrt sind, haben wir es richtig gut. Wir haben hier einen sicheren, warmen und trockenen Schlafplatz gefunden, und satt sind wir obendrein. Dafür können wir Gott nur von Herzen danken! Und um dir das Einschlafen ein wenig leichter zu machen, erzähle ich euch beiden noch eine Geschichte, an die Juju mich heute Nachmittag erinnert hat, als er von den drei Weisen und ihrer Reise sprach. Sie heißt: ‚Die Geschichte vom kleinen Kamel, das auszog, um Ruhm und Ehre zu erlangen und stattdessen das Licht des Lebens fand.' "

„Das ist aber ein langer Titel!", warf Josie ein, und Juju bemerkte: „Hoffentlich ist die Geschichte genauso lang!"

„Das werdet ihr gleich sehen. Also hört gut zu!"

Und genau das taten Josie und Juju. Während hinter ihnen das Feuer knisterte und knackte und seltsame Schatten über die Wände der Almhütte tanzen ließ, lauschten sie Tante Chrissis Geschichte vom kleinen Kamel.

*Das kleine Kamel war nicht nur das kleinste Tier mit den kürzesten Beinen, sondern auch das unbedeutendste in der ganzen Handelskarawane. Die anderen, großen Kamele trugen so wertvolle Lasten wie Säcke voller Salz und anderer Gewürze von den fernen Enden des Meeres oder Gold und Elfenbein aus dem Lande Kusch; oder einen herrlich verzierten Sattel mit einem bedeutungsvollen, reichen Handelsherrn darin. Das kleine Kamel aber trug nichts anderes als Reiseproviant wie Trockenfleisch, hartes Fladenbrot und gedörrte Datteln. Schon lange sehnte es sich danach, einmal eine wahrlich wertvolle Last oder wenigstens eine bedeutende Persönlichkeit zu tragen. Dann konnte es den anderen Kamelen endlich einmal zeigen, was in ihm steckte und wie wichtig es in Wahrheit war! Dumm war das kleine Kamel nämlich nicht, im Gegenteil: Wenn sein Kameltreiber zu gutmütig oder nachlässig war, trabte es gerade so schnell oder langsam, wie es ihm selbst passte. Oder es legte eine Marschpause ein, wo niemand es vorgesehen hatte. Dann konnte keiner es dazu bewegen, sich wieder auf die kurzen, knochigen Beine zu machen … Auf diese Weise also wanderte das kleine*

*Kamel mit seinen großen Kameraden durch die Wüste und manches Jahr ging ins Land.*
*Eines Abends jedoch, als die Sonne ihre letzten Strahlen über die Stadtmauer sandte und sich die Hitze eines langen Wüstentages gemeinsam mit ihr zur Ruhe begab, ging der größte Wunsch des kleinen Kamels in Erfüllung. Es bekam einen neuen Herrn, und dieser neue Herr in seinen prächtigen Kleidern legte einen ebenso prächtigen, mit Troddeln behangenen Sattel auf seinen Rücken und ließ sich persönlich darin nieder. Das Herz des kleinen Kamels hüpfte vor Freude, und mit stolzgeschwellter Brust gehorchte es dem Befehl seines Reiters und trabte los. Es trabte und trabte, sodass es zunächst nicht einmal bemerkte, dass hier etwas nicht in Ordnung war. Erst als die Karawane die Stadtmauer hinter sich gelassen hatte und das kleine Kamel mit der Nase an das Hinterteil des großen Kamels vor ihm stieß, bemerkte es, dass es rein gar nichts sehen konnte. Was auch kein Wunder war, denn es herrschte stockfinstere Nacht. Obendrein spürte das kleine Kamel unter seinen Hufen nicht wie üblich die harte, platt getretene Karawanenstraße, sondern lockeren Wüstensand! Es blieb stehen, stemmte seine kurzen Beine in den Boden und wandte empört den Kopf nach hinten zu seinem Reiter. Was ist los mit dir, Mensch, sagten die Augen des kleinen Kamels. Weißt du nicht, dass Karawanen bei Tageslicht reisen und nicht bei dunkler Nacht? Kennst du*

*nicht die Pfade, auf denen von alters her die Menschen und ihre Kamele durch die Wüste ziehen?*
*Da legte sein neuer Herr sanft die Hand an den Kopf des kleinen Kamels und drehte ihn derart, dass das kleine Kamel direkt in den Nachthimmel blickte. Ein leuchtendes Gebilde stand dort oben, das ganz anders war als die zarten, blinkenden Himmelslichter, die das kleine Kamel bisher kannte, viel heller und größer. „Dieses Licht, mein Freund", sagte der Mensch zu dem Kamel, „ist der Wegweiser, dem wir folgen!" Ehe es wusste, was es tat, trabte das kleine Kamel weiter in die ihm gewiesene Richtung. Genau wie die Kamele vor ihm, die es hören und spüren, aber nicht wirklich sehen konnte.*
*Die Karawane bestand nämlich noch aus zwei weiteren Kamelen und ihren Reitern, die genauso eigensinnig dem Sterngebilde hinterhertrabten wie das kleine Kamel und sein Herr, und zwar viele, viele Nächte lang. Oftmals, wenn die Männer frühmorgens ein Zeltdach aufgeschlagen hatten, um während des Tages in seinem Schatten zu ruhen, unterhielten sie sich auch über den Stern. Irgendeine besondere Bedeutung musste es haben, dieses Sternenlicht. Und die Karawane musste immer genau in die Richtung ziehen, die das Licht ihnen wies. Bei dieser Erklärung klangen die Worte der Männer überaus gelehrt und weise, und dennoch rollte das kleine Kamel ungeduldig die Augen. Wie konnten diese Menschen*

*so klug sein und sich dabei so töricht verhalten? Oder hatte jemals auch nur ein Kamel auf dieser Welt davon gehört, dass es klug war, bei Dunkelheit und abseits jeder Straße zu reisen und bei Tageslicht zu schlafen? Ganz gewiss nicht, und je mehr Nächte das kleine Kamel mit der Nase gegen das Hinterteil seines Kameraden stieß oder über einen Sandhügel stolperte, desto sehnlicher wünschte es sich, dass die Karawane möglichst bald ihr Ziel erreichte. Es hoffte auch, dass es dort einen anderen, normalen, vernünftigen Herrn finden würde – selbst wenn es künftig nur noch gedörrte Datteln durch die Wüste tragen durfte!*
*Eines Nachts aber, als das kleine Kamel zum ersten Mal die Karawane anführen durfte und ganz vorne lief, schien der Stern plötzlich heller als je zuvor. Er strahlte wie die grelle Wüstensonne, nur dass seine Helligkeit die Augen nicht schmerzte. Und dieses helle Licht fiel auf eine Stelle genau vor den Füßen des kleinen Kamels. Es war ein schäbiger, höhlenartiger Viehstall, der in den Augen des kleinen Kamels aber unversehens aufstrahlte wie ein Königspalast aus Edelsteinen. Das kleine Kamel konnte gar nicht mehr sagen, ob das Licht nun von dem Stern am Himmel kam oder aus dem Inneren des Stalls, denn es war einfach überall! Gar nicht rasch genug vermochten die weisen Männer vom Rücken ihrer Kamele zu steigen – sie sprangen bereits ab, ehe die Kamele am Boden knieten – und eilten in diesen Stall. Dort knieten sie nieder*

*vor einem kleinen Kind; das konnte das kleine Kamel deutlich sehen durch die Tür, die die Männer offen gelassen hatten. Und, so unglaublich das in den Ohren jedes vernünftigen Kamels auch klingen mochte: Dieses Kind war die Quelle des Lichts! Von ihm ging das Licht des Sternes aus, der die Karawane hierher geführt hatte. Von ihm kam das Licht in dem schäbigen Stall, und, so erkannte das kleine Kamel, von ihm ging alles Licht aus, das die Welt je gesehen hatte.*

*Das Licht des Kindes erfüllte das kluge, eigensinnige Herz des kleinen Kamels mit einer Freude, die es nie zuvor verspürt hatte. In seine kurzen, knochigen Beine strömte eine Kraft, die es beinahe herumgaloppieren ließ wie ein übermütiges Kamelfohlen. Bestimmt würde es das auch tun, jedoch erst später, wenn es sich gründlich sattgesehen hatte an dem Kind und an dem Licht. Und niemals wieder, nicht einmal, wenn das kleine Kamel noch dreißig weitere Jahre auf seinen Höckern haben würde, wollte es jemanden für seltsam, töricht oder einfältig halten, weil dieser auf der Suche nach dem Licht dieser Welt war.*

„Das kleine Kamel hatte es wirklich gut, dass es dabei war, als Jesus auf die Welt kam, nicht wahr? Ich hätte das auch gerne gesehen, all das Licht und das Baby …“, überlegte Juju, der aufmerksam jedes einzelne Wort der Geschichte in sich aufgenommen hatte.

„Ich auch!“, stimmte Josie gähnend zu. „Aber jetzt will ich schlafen. Mach dich mal nicht so breit, Juju, du brauchst ja die ganze Matratze für dich!“

„Ist gut!“ Bereitwillig rutschte Juju ein Stück in Chris' Richtung. Josie streckte sich aus, seufzte wohlig und schloss die Augen. Und erneut war in der kleinen Stube nichts weiter zu hören als das Knistern der Flammen und von draußen das Heulen des Sturms.

# *Kapitel 11*

Unruhig wälzte sich Hannes an diesem Abend von einer Seite seines Lagers zur anderen, diesmal jedoch nicht aus Gründen der Unbequemlichkeit. Vielmehr lag es an der Gute-Nacht-Geschichte seiner Gäste, die er ungewollt mit angehört hatte. Die Tür zur Wohnstube stand wegen der Ofenwärme auch in dieser Nacht offen, sodass er Wort für Wort aus dem Nebenraum vernommen hatte. Vor allem das Ende der Geschichte hatte sich ihm regelrecht eingebrannt; die Erkenntnis des kleinen Kamels, das gänzlich unerwartet auf das Licht der Welt gestoßen war:

*Und niemals wieder, nicht einmal, wenn das kleine Kamel noch dreißig weitere Jahre auf seinen Höckern haben würde, wollte es jemanden für seltsam, töricht oder einfältig halten, weil dieser auf der Suche nach dem Licht dieser Welt war.*

Enthielten diese Worte möglicherweise einen Teil von Hannes' derzeitigen Problemen? Hielt er seine Mitmenschen für töricht, weil sie Freude daran hatten, ein Fest zu Ehren dieses Lichtes zu feiern, und sperrte sie deswegen aus seinem Leben aus? Störte er sich möglicherweise sogar an dem Licht selbst – dem Kind in der Krippe? Oder war es doch nur die Vielzahl der Veränderungen, die seit Rosis Tod in seinem Leben eingetreten waren und die ihm einfach jeden Nerv raubten …

Ohne zu einem Ergebnis in diesen Fragen zu gelangen, versuchte Hannes vergeblich, Schlaf zu finden. Er war mehr als glücklich, als sich endlich ein fahler Schimmer Tageslicht in seine Schlafstube stahl. So trat er ans Fenster, doch jeder Versuch, hindurchzublicken, war zum Scheitern verurteilt. Wie eine Wand türmte sich der Schnee vor der Scheibe, und zwar bis zu deren oberem Rand. Er musste sich den Lichtschimmer nur eingebildet haben.

Dennoch erhob sich Hannes, streifte Hemd, Wollpullover und Hosen über und trat durch die offene Tür in seine von den Fremden besetzte Wohnstube. Seite an Seite drängten sie sich noch immer auf ihrem Strohlager, und eines der Kinder, der Zwilling mit dem etwas kürzeren Haar, hatte einen Daumen im Mund. Wie konnten diese Eltern nur Gefallen daran finden, wenn ihr Sohn, der noch dazu die blonden Locken eines Engels besaß, sein Haar derart lang trug?

Kopfschüttelnd schlich Hannes an den Schlafenden vorüber zur Hüttentür. Es war höchste Zeit, sich über die Wetterverhältnisse zu informieren, vor allem, wenn er die drei so bald wie möglich wieder loswerden wollte. Mühsam schob er die Tür ins Freie auf. Es gelang nur Zentimeter für Zentimeter, und auch das nur dank der Tatsache, dass das Hüttendach über dem Eingang weit vorgezogen war und deshalb zumindest einen Teil des Schnees ferngehalten hatte.

Hannes brauchte die Tür auch nur zur Hälfte zu öffnen, um zu erkennen, dass es Tag geworden war, jedoch noch immer schneite. Der Wind hatte sich zum größten Teil gelegt. Dafür hingen die Schneewolken weiterhin an den Gipfeln über der Almhütte fest und ließen ihre Ladung in einem Vorhang aus großen, fedrigen Schneeflocken niedergehen. Die eisige Luft legte sich wie eine Klammer um seinen Kopf und den Nacken. Der Altbauer seufzte aus tiefstem Herzen. Das Einzige, was hier während der nächsten Stunden und Tage dahinschmelzen würde, war seine Hoffnung, die Almhütte bald wieder für sich alleine zu haben.

Schicksalsergeben zog er die Tür zurück ins Schloss und machte sich daran, das nur noch sachte glühende Feuer zu neuer Stärke zu entfachen. Obwohl er dabei möglichst geräuschlos vorging, spürte er, wie jemand hinter ihn trat.

„Guten Morgen, Herr Sonner! Kann ich Ihnen vielleicht helfen?“, wisperte die Frauenstimme dicht hinter ihm. Offenbar war auch ihr daran gelegen, die Kinder so lange wie möglich weiterschlafen zu lassen.

„Nicht nötig!“, flüsterte Hannes grußlos zurück. „Gibt nichts weiter zu tun als das hier.“

„Es schneit noch immer, nicht wahr? Wie lange, denken Sie …“ Unvollendet ließ Chris ihre Frage in der Luft hängen.

Hannes verstand auch ohne weitere Erklärungen. „Wie lange es dauert, bis Sie hier wieder wegkommen?“ Er erhob sich aus seiner knienden Haltung vor dem Ofen und blickte ihr in die Augen. „Kann ich leider nicht sagen. Solange es derart weiterschneit, kommt der Winterdienst nicht mal in die Nähe der Abzweigung von der Bundesstraße, ganz zu schweigen von der Stelle, wo Ihr Wagen hängen geblieben ist. Und ohne eine geräumte Straße kommen Sie nirgendwo hin, nicht mal hinunter ins Dorf!“

„Und wie stehen die Chancen, dass aus dem Dorf jemand hierherkommt, um zu sehen, wie Sie den Schneesturm überstanden haben?“ Chris war noch nicht bereit, die Hoffnung aufzugeben. Josie, Juju und sie hatten am vergangenen Abend so intensiv darum gebetet, weiterreisen zu können, dass sie sich mit dieser Auskunft einfach nicht zufriedengeben wollte.

„Hierher? Vergessen Sie's! Ich bin hoch auf die Alm gezogen, um meine Ruhe zu haben, wie meine Familie sehr wohl weiß, und nicht, um irgendwelche Besucher zu empfangen!“ Der Bauer wandte ihr den Rücken zu und ließ Wasser in das Warmwasserfach seines Ofens laufen.

Chris nickte verstehend. Das also war die Erklärung für Hannes Sonners ruppige Art und nicht sein etwas unnahbarer Charakter, wie sie insgeheim gehofft hatte. Er ärgerte sich tatsächlich über ihre Anwesenheit! Juju hatte gar nicht so unrecht, wenn er den alten Bauern mit dem unfreundlichen Herbergswirt aus der Weihnachtsgeschichte verglich! Chris war drauf und dran, ihm zu erklären, dass auch sie es kaum erwarten konnte, die Kinder zu nehmen und ihm samt seiner Hütte den Rücken zu kehren, als sie von draußen so etwas wie Motorengeräusch vernahm, gefolgt von einem ausgiebigen Hupen.

„Nein, nicht! Lass uns in Ruhe!", fuhr Juju kerzengerade in die Höhe. Er hatte soeben von einem Schneemann geträumt, der wegen des vielen Schnees ein wahrer Schneeriese geworden war, plötzlich Beine bekommen und ihn und Josie den Berg hinaufgejagt hatte. Dabei drückte er kräftig auf die Hupe, die die Zwillinge ihm eigentlich als Nase ins Gesicht gesteckt hatten.

„Schon gut, Juju, dir geschieht nichts!", beruhigte ihn Tante Chrissi und kniete neben ihm nieder, ohne dabei die Hüttentür aus den Augen zu lassen. Einen Augenblick später ging diese tatsächlich auf und herein trat kein Schneeriese, aber doch ein ziemlich großer, schneebedeckter Mann mit einem kreisrunden Kopf. Erst als der Mann die Hand ausstreckte und das runde Ding abnahm, bemerkte Juju, dass es ein schneebedeckter Helm war.

„Hallo Vater, ich wollte nur mal sehen, wie's dir …" Der Mann brach ab, ließ seinen Helm zu Boden fallen und blickte verwirrt von Juju und Josie, die verschlafen unter ihrer Decke hervorkroch, zu Chris und dann zurück zu seinem Vater. „Was ist denn hier los, Vater? Du hast *Gäste*?"

Der alte Mann nickte stumm, während Tante Chrissi und Juju den jungen Mann nur ebenso stumm anstarrten, sodass Josie entschlossen das Wort ergriff: „Ja, das hat er. Wir sind Josie, Juju und Tante Chrissi und haben hier übernachtet, weil in dem Schneesturm unser Auto kaputt ging. Dann konnten wir keine anderen Wegweiser finden als die alten Holzstangen, die uns gerade noch rechtzeitig zu dieser Hütte hier gebracht haben. Trotzdem wären unsere Finger und Zehen beinahe zu Wiener Würstchen geworden!"

„Wiener … Wie bitte?" Nicht minder verwirrt durch diese Erklärung, entledigte sich Tobias Sonner seiner schneebedeckten Jacke und Skihose, hängte beides mit auf die Wäscheleine und stieg vorsichtig über das Strohlager hinweg hinüber zur Essecke. Er lehnte sich gegen den Tisch, steckte die Hände in die Taschen seiner Jeans und wandte sich an seinen Vater. „Wenn ich das richtig verstehe, haben die drei bei dir Zuflucht vor dem Schneesturm gesucht?"

„So sieht's aus! Sind unten von der Bundesstraße falsch abgebogen und dann in der großen Wegkehre über der Schlucht an der Mauer hängen geblieben."

„Daher also der undefinierbare Schneeberg in der Kurve, an dem ich vorhin vorbeigefahren bin!", dachte Tobias laut. „Wie gut, dass Sie den Weg zur Hütte meines Vaters gefunden haben! Ich kann mich nicht entsinnen, dass wir jemals einen solchen Schneesturm gehabt hätten. Nicht wahr, Vater? Nicht auszudenken, was geschehen wäre, wenn Sie diese Nacht mit den Kindern im Freien verbracht hätten!"

Er nickte der jungen Frau zu, wobei er sie zum ersten Mal, seit er die Hütte betreten hatte, genauer wahrnahm. Tante Chrissi, wie das Mädchen sie genannt hatte, war schätzungsweise in seinem Alter. Sie trug Hemd und Pyjamahosen seines Vaters, die ihr selbstverständlich viel zu lang und etwas zu weit waren und sie deshalb eher wie ein unbeholfenes Kind wirken ließen. Ihr langes, dunkelbraunes Haar hing, gespickt mit etlichen Strohhalmen aus dem Schlaflager, in losen Wellen über ihren Rücken. Die Augen, dunkelbraun wie das Haar, blickten ihn irgendwie beschwörend an. Wollte sie ihn daran hindern, weiter von einem Schicksal wie dem Tod durch Erfrierung zu sprechen?

Oder war sie einfach verängstigt durch die kurz angebundene Art seines Vaters und sah in ihm so etwas wie den Retter in der Not? Ratlos wandte Tobias sich ab. Die Sprache der Augen zu lesen war noch nie seine Stärke gewesen, schon gar nicht bei einer Frau.

Zu seiner Erleichterung mischte sich jetzt der kleine Junge ins Gespräch. „Bist du wirklich mit einem Motorrad durch den tiefen, tiefen Schnee gefahren?"

„Ob ich mit einem Motorrad …? Ach so, du meinst wegen des Helms! Nein, nein, ich bin mit einem Schneemobil gekommen. Das ist so etwas Ähnliches wie ein Motorrad, nur besitzt es anstelle von Rädern zwei lenkbare Skier. Wenn du magst, darfst du es dir ruhig ansehen, mein Junge!"

„Ja gerne!" Juju sprang auf seine Füße, bemerkte in dem Moment, da er sein Laken verlor, dass er nur mit einer Unterhose bekleidet war, und verbarg sich blitzschnell wieder unter der Decke.

„Oh Juju!", seufzte Josie. Chris lachte und auch Tobias konnte sich ein Grinsen nicht verkneifen.

# *Kapitel 12*

*23. Dezember*

Vor dem halb blinden Spiegel in der Schlafstube zupfte sich Chris den letzten Strohhalm aus dem Haar. Sie mochte gar nicht darüber nachdenken, welchen ersten Eindruck sie bei dem jungen Sonner hinterlassen hatte: in ihrem abenteuerlichen Holzfällerhemd-Pyjama-Outfit, mit vom Schlaf zerzaustem, strohgeschmücktem Haar und ihren von der Kälte aufgerissenen Lippen … Nun, immerhin trug sie jetzt wieder ihre eigene trockene Jeans samt Bluse und Pullover von der Reise. Nur gegen das Problem mit den rissigen Lippen war sie machtlos.

Auch die Zwillinge steckten wieder in ihrer eigenen Kleidung, als alle drei sich zu den Männern in der Wohnstube gesellten, um zu frühstücken. Wunderbarerweise war es Tobias Sonner nicht nur gelungen, sich trotz Schnee und Eis mit seinem Schneemobil den ganzen langen Weg zur Almhütte heraufzukämpfen, um sich vom Wohlergehen seines Vaters zu überzeugen. Er hatte auch genügend frisches Brot, Eier und Schinken im Gepäck, um die unerwarteten Gäste mit zu versorgen.

„Na, Josie und Juju, wie wollt ihr eure Eier? Als Rührei, Spiegelei, weich gekochtes Ei, Hühner-, Enten- oder Straußenei?“, fragte er mit einem breiten Grinsen.

„Rührei!“, antwortete Josie wie aus der Pistole geschossen und ließ sich gleich auf der Eckbank nieder, während Juju zeitgleich fragte: „Hast du wirklich Eier von einem Vogel Strauß dabei? Kann ich so eins mal sehen?“

„Leider kannst du das nicht“, entgegnete der junge Mann, „denn ich habe gar keins. Das mit den Enten- und Straußeneiern habe ich nur gesagt, damit unser Angebot ein wenig reichhaltiger klingt – nicht, dass ihr später weiterfahrt und allen Leuten erzählt, auf der Sonner-Alm gäbe es nur drei Arten von Eiern zum Frühstück! In dem Fall würde ja niemals wieder jemand bei meinem Vater hereinschneien und übernachten wollen!“

„Schade. Dann mag ich auch Rührei, bitte!“, schloss Juju sich seiner Schwester an. Der alte Bauer schnaubte laut und Chris fragte sich, wie um alles in der Welt dieser Mann zu solch einem Sohn kam. Er hatte sich nicht nur die Namen der Kinder sofort gemerkt, sondern versprühte obendrein noch gute Laune in einer Situation, die eigentlich alles andere als angenehm war.

Und das praktisch von der Sekunde an, in der er die Almhütte betreten hatte. Wahrscheinlich war Tobias selbst ein Vater mit viel Einfühlungsvermögen für seine Familie – und nicht nur für diese. Vollkommen selbstverständlich hatte er ihr, sobald er ihre Notlage in ganzer Tragweite begriffen hatte, seine Hilfe und damit auch die Dienste seines Schneemobils angeboten. Nach dem Frühstück wollte sie diese gern in Anspruch nehmen.

„Und Sie, Frau Hoffmann?", unterbrach Tobias Sonner ihren Gedankengang.

„Chris, bitte. Und danke, ich nehme gar kein Ei, nur Brot. Und ein wenig Kaffee, falls möglich!" Ein Gähnen unterstrich ihre letzten Worte und Sonner Senior, der eben dabei war, kochendes Wasser durch einen Filter voll duftenden Kaffeepulvers zu gießen, kommentierte: „Nicht gut geschlafen heute Nacht, wie?"

Chris nickte und Josie fiel ein: „Ich auch nicht! Die Strohsäcke in meinem Rücken waren schrecklich stachelig und das Feuer im Ofen hat ständig geknackst und geknistert in meinen Ohren!"

„Aber Josie!", ermahnte Chris, doch Tobias versicherte grinsend: „Lassen Sie sie nur, Chris! Vater kann sich gerne schon mal an die unverblümten Meinungsäußerungen von Kindern gewöhnen, er wird bald Großvater!"

„Oh, dann darf man wohl gratulieren!"

„Weshalb – ach, Sie denken, ich wäre der Glückliche?! Aber nein, mein Bruder Florian und seine Frau erwarten ihr erstes Kind. Ich selbst bin noch ganz zufrieden ohne Anhang! Und jetzt", schwungvoll belud er zwei Teller mit lockerem Rührei und stellte sie vor die Zwillinge auf die Tischplatte, „sollten wir uns besser Gedanken darüber machen, wie wir Sie alle möglichst bald an Ihr eigentliches Reiseziel bringen können. Obwohl ich fürchte, bei dem anhaltenden Schneefall wird das noch ein Weilchen dauern."

„Fein!", merkte Juju an, steckte eine Gabel voll Rührei in den Mund und fuhr kauend fort: „Mir gefällt es hier. Es ist warm, es gibt gutes Essen und von dem pieksenden Stroh habe ich fast gar nichts gemerkt. Nur", er schluckte, „telefonieren würde ich gern mit Mama und Papa. Sie müssen doch wissen, dass es uns gut geht!"

„Natürlich, Juju, deine Tante und ich werden uns auch sofort nach dem Frühstück darum kümmern!", versprach Tobias mit einem ermutigenden Lächeln.

„Darf sie dann mit dir auf dem Schneemobil fahren?" Das grasgrüne Fahrzeug mit den orangen Feuerflammen an der Seite und dem Motorradlenker, das er vorhin von der Hüttentür aus besichtigen konnte, hatte Juju tief beeindruckt.

„Sicher!", bestätigte Tobias, und Juju strahlte. „Das wird dir gefallen, Tante Chrissi!"

Dessen war Chris sich allerdings nicht ganz sicher. Schon

gar nicht, als sie wenig später, verpackt in ihre Mütze und Daunenjacke, eine Skihose von Hannes Sonner und dessen Handschuhe, direkt vor dem unbekannten Fahrzeug stand. Was ihr am meisten Sorge bei diesem Anblick bereitete, waren die schmalen Skier, auf denen das große, schwere Gefährt mit Lenker und Sitzbank thronte. War es tatsächlich stabil und zuverlässig genug? Egal, sie hatte keine andere Wahl: Bei diesen Wetterverhältnissen im Gebirge war das Schneemobil das einzig brauchbare motorisierte Fortbewegungsmittel. Wenn sie schon die Kinder alleine bei dem alten Bauern zurücklassen musste, um zu telefonieren, wollte sie diese Fahrt wenigstens so rasch wie möglich hinter sich bringen.

„Kann es losgehen?", wandte sie sich an ihren Begleiter.

„Sofort!" Tobias reichte ihr seinen Helm in denselben leuchtenden Farben wie das Schneemobil. „Sobald Sie den auf dem Kopf haben!"

„Aber das ist Ihrer!", protestierte Chris.

„Keine Sorge." Mit einem Blick auf die Zwillinge, die in der offenen Hüttentür standen und ihre Abfahrt beobachteten, senkte er die Stimme. „Ich bin schon mehr als einmal ohne Helm gefahren. Und heute mache ich mir mehr Gedanken um Ihren Kopf als um meinen, also nehmen Sie ihn! Ich habe zum Schutz gegen den Schnee immer noch eine Skibrille!"

„Na gut!" Chris streifte den Helm über ihre Mütze und versuchte, den Kinnriemen zu schließen. Das erwies sich als äußerst schwierig mit Hannes Sonners Fausthandschuhen an den Fingern.

„Moment, ich helfe Ihnen!" Mit geübtem Griff klickte Tobias die beiden Enden des Riemens ineinander. Dabei kam er Chris so nahe, dass sein warmer, nach Kaffee duftender Atem über ihre Wange strich – die reinste Wohltat im Vergleich zu der beißenden Kälte der Luft, unter der ihre Haut und Lippen schmerzhaft spannten.

„Und nehmen Sie auch das hier!" Tobias griff in seine Jackentasche und entnahm ihr ein kleines, weißes Döschen. „Das beste Mittel gegen trockene, aufgesprungene Lippen! Bei diesem Wetter benutze ich es selbst auch."

Chris errötete. Er hatte ihr ungepflegtes Aussehen also bemerkt. Sollte sie sich nun genieren oder doch eher darüber freuen, dass er sich Gedanken darum machte? Wortlos öffnete sie das Döschen und trug den Balsam auf, während Tobias sich an seinem Schneemobil zu schaffen machte. Dann reichte sie es ihm dankend zurück.

„Na, bereit fürs große Abenteuer?", fragte er unternehmungslustig und schwang sein rechtes Bein über den Ledersitz. Chris schluckte. Musste er unbedingt dieselben Worte verwenden wie sie, als sie gestern mit den Zwillingen aufgebrochen war zu einer Fahrt, die an einem Mäuerchen mitten im schneeumtosten Nirgendwo geendet hatte? Und waren seitdem tatsächlich erst vierundzwanzig Stunden vergangen?

Mit gemischten Gefühlen stieg sie hinter ihm auf. Sie befolgte seinen Rat, sich gut an ihm festzuhalten, indem sie ihre Arme um seinen Oberkörper legte. Und schon ließ Tobias den Motor an. Chris machte noch kurz die rechte Hand frei, um den Kindern an der Tür zuzuwinken, während Tobias wendete, schlang ihren Arm aber schleunigst wieder um ihn, als er Gas gab und das Schneemobil bergab brauste.

Obwohl der Fahrtwind ihm dort vorne den Schnee unmittelbar ins Gesicht schleudern musste, hatte Tobias offensichtlich mehr Spaß an ihrer zunehmenden Geschwindigkeit als Chris. Durch das Gefälle der Almwiese wurde sie dichter gegen seinen Rücken gedrückt, als sie es sich vorgestellt hatte. Obwohl ihre dicken Jacken ein Polster zwischen ihnen bildeten, spürte sie seinen Körper ganz deutlich. Um sich abzulenken, rief Chris über den Motorenlärm hinweg: „Sie bringen mich hinunter ins Dorf, um mit meiner Schwester zu sprechen, nicht wahr?"

„Nur, falls es nicht anders geht. Es ist ein weiter Weg bis ganz hinunter, und ehe ich Ihnen diese Fahrt antue, probieren wir eine andere Möglichkeit. Ungefähr auf halbem Weg gibt es eine Stelle, an der ich bis jetzt immer Handyempfang hatte; zumindest im Sommer, wenn ich für gewöhnlich auf die Alm komme. Das würde ich gerne zuerst testen! Mein Handy steckt sicher verwahrt in meiner Jackentasche."

„Okay, auch gut, ich vertraue Ihnen!" Chris war selbst erstaunt über ihre Worte. Aber es stimmte: Trotz ihrer rasenden

Fahrt talwärts, bei der das Fahrzeug durch den Tiefschnee pflügte wie ein Skifahrer auf einer Buckelpiste, fühlte sie sich verhältnismäßig sicher an der Seite dieses Mannes mit seinen Augen in der Farbe der schneebeladenen Wolken über den Berggipfeln.

# *Kapitel 13*

Sie kommen doch bald wieder, oder?", fragte Juju, sobald seine Tante und Tobias Sonner hinter dem Vorhang aus Schneeflocken verschwunden waren und er nur noch das Brummen des Schneemobilmotors hörte. Seine Stimme zitterte. So gut ihm die Hütte auch gefiel, war Juju nicht sehr wohl bei dem Gedanken daran, dass Josie und er nun auf unbestimmte Zeit alleine mit dem brummigen alten Bauern sein sollten. Tante Chrissi war wenigstens noch ein kleines Stückchen „Zuhause" gewesen, jetzt aber waren die Zwillinge vollkommen allein mit einem Fremden zurückgeblieben.

„Sie kommen, sobald sie alles erledigt haben, was nötig ist, Bub. Aber das wird schon eine Weile dauern!" Hannes schob die Zwillinge zurück ins Hütteninnere und schloss die Tür. Der Gedanke, stundenlang nur mit den Kindern in der Hütte eingesperrt zu sein, behagte ihm ebenso wenig, wie es umgekehrt der Fall zu sein schien. Mit Sicherheit wollten diese Stadtkinder ständig unterhalten werden. Selbst wenn er dazu auch nur die geringste Lust gehabt hätte, waren seine Möglichkeiten doch sehr begrenzt. Auf der Almhütte gab es weder Fernsehen oder Computerspiele noch Spielzeug irgendeiner anderen Art …

Als hätte Josie seine Gedanken gelesen, fragte sie bereits mit unternehmungslustig glitzernden Augen: „Und, was wollen wir jetzt spielen?“

„Keine Ahnung, hier gibt’s kein Spielzeug. Aber seht euch einfach in der Hütte um, vielleicht findet ihr etwas, um euch zu beschäftigen!“ Hannes zuckte ratlos die Schultern und kehrte den Kindern den Rücken zu, um Holz aufs Feuer zu legen. Große Hoffnungen, damit ein wenig Ruhe vor den Zwillingen zu haben, hegte er zwar nicht, doch immerhin befolgten die beiden seinen Rat.

Bedächtig trottete der Junge durch den Raum, entzifferte die Aufschrift einer Suppendose und wischte mit seinem Ärmel über die Fensterscheibe, um hinauszublicken. Entmutigt gab er wieder auf und nahm eines der illustrierten landwirtschaftlichen Bücher zur Hand. Josie dagegen huschte von der Essecke hinüber zum Küchenschrank und inspizierte interessiert seinen Inhalt. Sie steckte ihre Nase in jede Zimmerecke und gelangte schließlich, auf einem Bein hüpfend, zur Stalltür.

„Da waren wir noch gar nicht! Wo führt diese Tür hin?“, fragte sie und schob bereits den Riegel beiseite, den diese anstelle einer Türklinke besaß. Hannes’ Antwort: „In den Stall!“ vernahm sie bereits aus dessen Innerem. Juju folgte seiner

Schwester auf dem Fuße, sodass Hannes nichts anderes übrig blieb, als sich ebenfalls zu erheben.

Wie üblich um diese Jahreszeit war der Viehstall unbewohnt und eiskalt. Die Futterraufen waren leer und nur dort, wo Hannes gestern die Jutesäcke gestopft hatte, zierte ein Häufchen getrockneter Halme den sauber gefegten Boden. An der hinteren Wand lehnte noch die Leiter zum Heuboden und im vorderen Bereich, direkt neben der Hüttentür, befand sich eine alte Werkbank. Unmittelbar davor stand Josie und musterte das Sammelsurium aus Werkzeug, Messern und nur teilweise vollendeten, staubbedeckten Schnitzarbeiten, die sich seit Jahren darauf häuften.

„Sie haben ja doch Spielzeug!", bemerkte sie vorwurfsvoll. „Oder wenigstens basteln Sie hier welches!"

„Unsinn! Ich bastele kein Spielzeug, ich mache einfach Schnitzarbeiten!"

„Oh! Das da sieht aber wirklich aus, als ob es eine Puppe wird!" Josie deutete auf ein faustgroßes Holzstück, das schon deutlich die Konturen einer menschlichen Figur aufwies.

„Wird es aber nicht. Und jetzt zurück in die Stube mit dir!" Entschlossen scheuchte Hannes Josie von der Werkbank weg in Richtung Tür. Kaum zu fassen, wie naseweis Kinder heutzutage waren – zumindest dieses eine Kind!

Währenddessen verharrte Juju noch immer vor der Werkbank. Am liebsten hätte er eine der halb fertigen Figuren in die

Hand genommen und gespürt, wie sie sich anfühlte. Gewiss war das glatte, abgerundete Holz ganz samtig und weich …

„Dürfen wir, also Josie und ich, nicht auch ein wenig schnitzen, Herr Sonner? Sie könnten uns doch zeigen, wie es geht!“, bat er.

Von der Tür aus warf der alte Mann ihm einen erstaunten Blick zu. „Na, ich weiß nicht …“, setzte er zur Antwort an. Doch Josie unterbrach ihn: „Das würde Mama nie erlauben, Juju!“ Mit einem Satz stand sie wieder an der Werkbank und wies mit dramatisch geweiteten Augen auf die Werkzeuge. „Sieh dir nur alle diese Messer und spitzen Dinger an. Die sind viel gefährlicher als Mamas scharfe Küchenmesser, und Mama lässt uns ja nicht einmal die benutzen! Weißt du noch, wie ich doch einmal eines genommen und mich damit geschnitten habe? Ein ganzes Taschentuch habe ich voll geblutet!“ Josie schüttelte sich.

„Scharf sind sie, das ist wahr, aber meine Söhne waren bei ihren ersten Schnitzversuchen auch nicht viel älter als ihr. Und wenn ich mich recht erinnere, haben sie sich nicht ein einziges Mal verletzt!“, beschwichtigte Hannes.

„Ihre Söhne? Sie meinen Tobias, nicht wahr?“, forschte Josie. Der junge Mann mit dem herzlichen Lächeln im braun gebrannten Gesicht und seinen Witzen hatte es ihr derart angetan, dass sie sogar ihre einstige Verletzung vergaß.

„Richtig. Tobias und seinen Bruder Florian!“

„Zwei Söhne haben Sie also“, folgerte Josie. „Und warum wohnen die nicht hier bei Ihnen?“

„Weil sie drunten im Dorf in einem richtigen Haus leben.“ Hannes seufzte und wünschte sich sehnlichst zurück in seinen Bergwald, wo es nichts weiter gab als seine Säge, ihn selbst und das majestätische Schweigen der Bäume und Berge.

„Ach so. Dann wohnen Sie hier in der Hütte, weil im richtigen Haus kein Platz mehr für Sie ist. Aber Sie müssen nicht traurig sein, Herr Sonner!“, tröstete Juju. Es war bestimmt nicht leicht für den Bauern, dass er nicht mit seiner Familie zusammenwohnen konnte und deshalb kein Wunder, wenn er oft brummig war und seufzte, als ob er echte Schmerzen hätte. „Maria und Josef und das Jesuskind mussten damals nämlich auch im Stall schlafen, weil sie keinen Platz mehr hatten in der Herberge. Und für Tante Chrissi, Josie und mich ist es nur gut, dass Sie hier wohnen, denn so ist die Hütte *unsere* Herberge geworden. Aber jetzt“, er holte tief Luft, „wäre es wirklich schön, wenn Sie Josie und mir zeigen würden, wie Sie schnitzen, wenn wir es schon selbst nicht tun dürfen!“

„So, wäre es das?“ Ein halbes Lächeln stahl sich auf Hannes’ Lippen. Wenn der Kleine derart hartnäckig auf dem Schnitzen bestand, war das womöglich eine Methode, sich ein wenig Ruhe vor den Kindern zu verschaffen. „Gut“, fuhr er deshalb fort, „aber zuerst müsst ihr mir etwas versprechen!“

„Was denn?“, tönten die Zwillinge einstimmig.

„Ihr müsst mir erstens versprechen, eure Finger von meinem Werkzeug zu lassen, und zweitens, mir nicht die ganze Zeit die Ohren vollzuplappern! Schnitzen ist eine Kunst, die absolute Ruhe erfordert.“

„Versprochen!“, erwiderte Juju bereitwillig und Josie nickte zögernd.

„Aber das Holz darf ich anfassen, nicht wahr?“, vergewisserte sich Juju noch. Hannes nickte und begann, sein Schnitzzeug in einer Werkzeugbox zu verstauen.

„Macht drüben schon mal den Tisch frei!“, ordnete er dabei an. „Hier im Stall ist es viel zu kalt, um zu arbeiten!“

Kurz darauf hatten sich alle drei in der Essecke niedergelassen, das Werkzeug stand bereit und Hannes nahm ein Stück Holz zur Hand, das noch nicht bearbeitet war. Überlegend begutachtete er es von allen Seiten. „Irgendwelche Vorschläge, was ich daraus machen soll?“, fragte er.

„Oh ja“, antwortete Josie wie aus der Pistole geschossen, „ein kleines Kamel! Tante Chrissi hat uns nämlich gestern Abend eine Geschichte erzählt, in der ein kleines Kamel …“

„Ich kenne die Geschichte!“, bremste Hannes, der befürchtete, sich alles ein zweites Mal anhören zu müssen. „Dann will ich mal sehen, ob aus diesem Holzklotz ein brauchbares kleines Kamel wird.“

Hannes setzte sein Werkzeug an, ließ es aber sofort wieder sinken. „Verflixt – viel zu dunkel heute. Ich seh kaum etwas!“, murmelte er dabei. Die über einen Generator betriebene Küchenlampe verbreitete tatsächlich nicht viel Licht, und der Schnee vor dem Fenster sperrte auch das spärliche Tageslicht aus.

„Zünden wir doch eine Kerze an!", schlug Josie vor. „Oder gleich ganz viele Kerzen, dann wird es schön hell und gemütlich."

„Warum nicht." Aus dem Regal über der Küchenspüle mit ihrer altertümlichen Wasserpumpe nahm Hannes etliche Kerzen samt Streichhölzern. Er zündete drei kleine Kerzen an und stellte sie in sicherer Entfernung von allem brennbaren Material auf den Tisch. Die größte Kerze jedoch, ein armdickes Exemplar aus gelbem Bienenwachs, platzierte er auf dem Fensterbrett.

„Warum stellen Sie denn gerade die größte Kerze ins Fenster statt auf den Tisch? Dort nützt Sie Ihnen doch gar nichts!", bemerkte Josie aufmerksam.

„Nicht zum Schnitzen, das ist wahr! Aber sie steht jeden Abend, wenn es dunkel wird, im Fenster. Und da es heute gar nicht recht hell wird, kann ich sie ebenso gut gleich aufstellen!"

„Ach so!" Josie gönnte der flackernden Kerze noch einen kurzen Blick, dann wandte sie sich wieder wichtigeren Dingen zu. „Können wir dann endlich anfangen mit unserem kleinen Kamel? Es wäre doch schön, wenn es fertig ist, bis Tante Chrissi zurückkommt. Dann könnten wir sie damit überraschen!"

„Das wird es wohl kaum, Kind. Schnitzen ist keine Kunst

für Ungeduldige! Und jetzt denk an dein Versprechen: Kein Geplapper, ich muss mich konzentrieren!“

„Wenn es sein muss.“ Ein wenig beleidigt verschränkte Josie ihre Arme vor der Eisprinzessin auf ihrem Pullover und starrte auf Hannes Sonners Hände mit dem Schnitzmesser.

Juju hingegen brauchte keine Ermahnung zum Schweigen. Er dachte nach. Jeden Abend, hatte der Bauer gesagt, zündete er diese Kerze im Fenster an. Daher also war das Licht gekommen, das er gestern schon weiter unten am Hang gesehen hatte: Eine Kerze mit ihrer winzigen Flamme, die sich im Fenster widerspiegelte, hatte sie hierhergeführt, nachdem sie die Begrenzungsstangen nicht mehr erkennen konnten! Wenn er das erst Mama mit ihrer Vorliebe für die bescheidenen kleinen Lichter erzählte!

Aber so weit war es noch nicht. Zuerst musste er sehen, wie der alte Mann ein samtig-weiches, kleines Holzkamel schnitzte. Juju rutschte näher an Herrn Sonner heran und beugte sich fasziniert nach vorne, während die Flamme der Bienenwachskerze im Fenster die Scheibe erwärmte. Der Schnee davor begann zu schmelzen, sodass das Licht sich seinen Weg nach draußen bahnen konnte.

Endlich kehrte in Hannes’ Zuhause die Ruhe ein, die er sich so sehnlich herbeiwünschte. So lange zumindest, bis Josie begann, leise ein Weihnachtslied nach dem anderen vor sich hin zu trällern, damit die Zeit bis zur Fertigstellung des Kamels ein wenig rascher verging …

# *Kapitel 14*

Chris' Vertrauen in Tobias und seine Fahrkünste wurde auf eine harte Probe gestellt. Nachdem sie die Almwiese hinter sich gelassen hatten und Tobias sich wie ein professioneller Rennfahrer in die Kurven der Bergstraße legte, ohne dass diese tatsächlich erkennbar war, verkrampften sich ihre Arme regelrecht um seinen Oberkörper. Trotzdem fürchtete sie, jeden Augenblick vom Sitz geschleudert zu werden und ungebremst den nächsten steilen Hang hinabzustürzen. Die im wahrsten Sinne atemberaubende Fahrt durch den Schnee war fast noch schlimmer als ihre Vorstellung von dem am Steilhang klebenden Ferienhaus, mit der Chris in den Urlaub aufgebrochen war. Schließlich fasste sie sich ein Herz, reckte ihren behelmten Kopf nach vorne und rief: „Geht es bitte auch ein bisschen langsamer, Tobias? Sonst hänge ich für den Rest dieses Tages an Ihnen, weil ich meine verkrampften Arme nicht mehr lösen kann. Oder Sie dürfen mich am Grund irgendeiner Schlucht auflesen!"

Überrascht wandte Tobias ihr sein Gesicht zu, doch immerhin schien er nicht verärgert zu sein. „Natürlich!“, sagte er nur und nahm seine Hand vom Gas. „Wir sind auch gleich am Ziel!“

Deutlich sanfter als vorher fuhr er um eine letzte Serpentine, vorbei an einer Baumgruppe und machte auf einer freien Fläche halt.

„So, da sind wir! Das hier ist ein Aussichtspunkt für Wanderer. So gut wie die Aussicht von hier bei besserem Wetter wäre, so gut ist normalerweise auch der Handyempfang!“ Während er sprach, streifte er die Skibrille ab, wandte sich um und half Chris beim Öffnen ihres Kinnriemens. Dann musterte er besorgt ihr blasses Gesicht.

„Es tut mir wirklich leid, dass ich so schnell gefahren bin, Chris! Ich bin es nicht gewohnt, Beifahrer zu haben, und hätte mehr Rücksicht nehmen sollen. Ich hoffe, Ihnen ist nicht allzu schlecht?“

„Nein, nein, es geht schon wieder!“ Vorsichtig löste sie ihren Griff um Tobias’ Mitte und schüttelte ihre Arme aus. „Mir tut es auch leid, wenn ich Ihnen den Spaß verdorben habe. Ich bin eben nur ein ängstlicher Flachlandbewohner und Stadtmensch!“

„Natürlich, und das ist auch vollkommen in Ordnung. *Sie* haben keinen Grund, sich zu entschuldigen! Und nun lassen Sie uns versuchen, ob wir heute trotz des unaufhörlichen Schneefalls Glück haben mit dem Empfang!“

Tobias half Chris abzusteigen, angelte sein Handy aus der Tasche der Skijacke und warf einen prüfenden Blick auf das Display. Nachdem er sich langsam einmal um sich selbst gedreht und anschließend etliche Schritte auf den Abhang zu gemacht hatte, der den Aussichtsplatz begrenzte, grinste er zufrieden. Mit den Worten: „Na also, geht doch!", winkte er Chris zu sich heran und übergab ihr das Telefon. Dann trat er taktvoll zur Seite und machte sich an seinem Fahrzeug zu schaffen.

Chris' Finger zitterten vor Aufregung, als sie ihre Rechte aus dem Handschuh geschält hatte und Lindas Nummer eingab, und sie sandte einen Stoßseufzer zum Himmel.

„Linda Brenner!", meldete sich kurz darauf etwas undeutlich Lindas Stimme. Ein paar Tränen der Erleichterung rollten über Chris' eisige Wange.

„Hallo Linda, ich bin's, Chris …" Ihre übrigen Worte ertranken in Lindas Redeschwall.

„Oh Chris, endlich!!! Geht es euch gut? Wo steckt ihr denn? Wenn du wüsstest, welche Sorgen ich mir mache, seit ihr gestern Abend nicht angerufen habt! Ist euch was zugestoßen? Ihr seid doch hoffentlich wohlauf, oder??"

„Ja, Linda, glaube mir, es geht uns gut!" Chris nutzte Lindas Atempause. „Allerdings sind wir gestern in eine Art Schneesturm geraten und …" So schonend wie möglich fasste sie die Ereignisse der vergangenen vierundzwanzig Stunden zusammen und endete mit den Worten: „Aber wir sind tatsächlich alle wohlauf. Josie und Juju haben sich, wie es bislang aussieht, nicht einmal einen Schnupfen geholt. Und sobald dieser heftige Schneefall sich legt, können wir auch daran denken, unsere Fahrt fortzusetzen!"

Einige Minuten voller schwesterlicher und mütterlicher Ermahnungen später versprach Chris, sich sofort zu melden, wenn sich etwas an ihrer Situation ändern sollte, und beendete das Gespräch.

„Tausend Dank, Tobias. Jetzt, da meine Schwester Bescheid weiß, ist mir schon viel leichter ums Herz!" Chris reichte das Handy an seinen Besitzer zurück.

„Ist doch selbstverständlich! Ich wünschte, ich könnte mehr für Sie tun, als Ihnen nur mein Telefon zu leihen", seufzte Tobias. Obwohl er sich bemüht hatte, dem Gespräch nicht zu lauschen, hatte er Chris' Tränen bemerkt. Die junge Frau tat ihm von Herzen leid. Zwar konnte er nicht aus eigener Erfahrung sprechen, aber sicherlich war es schlimm genug, mit den eigenen Kindern in eine solche Notsituation zu geraten. Trug man jedoch die Verantwortung für die Kinder anderer Eltern, wog das Ganze noch weit schwerer. Möglicherweise machte Chris sich selbst mehr Vorwürfe wegen des Unfalls, als ihre Schwester es tat. Wenn er ihr nur einen Teil dieser Last abnehmen könnte!

Plötzlich kam Tobias ein Gedanke. „Was halten Sie davon,

wenn wir noch am Ort Ihres Unfalls vorbeifahren, nachdem wir uns nun den weiten Weg hinunter ins Dorf gespart haben? Ich könnte mir Ihren Wagen mal ansehen. Wer weiß, am Ende sieht das Ganze jetzt bei Tageslicht gar nicht mehr so schlimm aus!"

„Das kann ich mir zwar kaum vorstellen, denn immerhin hängt mein Wagen halb über der Schlucht, aber wenn Sie meinen … Ist es denn weit bis dahin?" Chris schluckte bei dem Gedanken an eine neuerliche Fahrt mit dem Schneemobil.

„Etwa so weit wie zurück zur Almhütte. Und keine Sorge, diesmal werde ich mich so sanft in die Kurven legen, dass Sie getrost ein Schläfchen dabei halten können!", grinste er. Chris konnte nicht anders, als sein Lächeln zu erwidern, während sie sich erneut den Helm über die Mütze stülpte.

Kurz darauf stoben sie einmal mehr durch den Schnee, wobei Chris sich alle Mühe gab, ihr rasches Vorankommen zumindest halbwegs zu genießen. Nach gut zehn Minuten erreichten sie ihr Ziel. Wie Tobias es am Morgen geschildert hatte, war von ihrem Wagen nicht viel mehr zu erkennen als ein hoher, unregelmäßig geformter Schneehügel, der sich über einer etwas niedrigeren und lang gezogenen Schneebarriere türmte. Niemand, der nicht über den gestrigen Unfall Bescheid wusste, würde jemals auf den Gedanken kommen, dass sich unter diesem Schneeberg ein Auto verbergen könnte.

Einen Augenblick lang starrten beide stumm darauf. Chris

schauderte, wenn sie daran dachte, dass dies – hätte ihr Vater im Himmel sie nicht vor dem Schlimmsten bewahrt – ohne Weiteres der Ort hätte gewesen sein können, an dem Josie, Juju und sie ihr irdisches Leben beendeten. Wie hatte Linda eben am Telefon bemerkt: „Gott hält seine Hand über euch, Chris, das spüre ich seit gestern Abend ganz deutlich! Andernfalls wäre ich ohne eine Nachricht von dir auch völlig durchgedreht." Ja, die Kinder und vor allem sie hatten enorm viel Grund zur Dankbarkeit – so viel, dass alle momentanen Unannehmlichkeiten daneben verblassen mussten.

Bei dem Gedanken allerdings, dass Tobias sich an dem Schneeberg zu schaffen machen wollte, war ihr gar nicht wohl. „Ich glaube kaum, dass wir hier etwas ausrichten können. Wir müssten den Wagen ja erst einmal ausgraben! Und das mit bloßen Händen und bei der instabilen Lage, in der er hängt – nein, ich halte das für keine gute Idee. Am besten fahren wir stattdessen sofort zurück zur Almhütte!", bemerkte sie deshalb.

„Wer spricht denn hier von bloßen Händen?", widersprach Tobias, der sich bereits an seinem Gepäckkoffer zu schaffen machte. „In meiner weisen Voraussicht – oder eher, weil ich meinen grünen Blitz auch öfters aus dem Schnee graben muss – habe ich das hier stets bei mir!" Triumphierend hielt er einen handlichen Strohbesen und eine kleine Schaufel in die Höhe.

Chris musterte das Werkzeug skeptisch. „Selbst damit brauchen wir eine Ewigkeit und werden wahrscheinlich vollkommen durchnässt!", konstatierte sie. „Außerdem möchte ich nicht, dass Sie sich meinetwegen in Gefahr begeben! Was ist, wenn mein Wagen endgültig abstürzt, während Sie ihn freischaufeln?"

„Das halte ich zwar für unwahrscheinlich, aber natürlich möchte ich alles andere, als dass Sie sich noch mehr Sorgen machen. Allerdings frage ich mich …" Tobias unterbrach sich, tat einige Schritte in Richtung des Schneeberges, sodass er ihn unmittelbar vor sich hatte, und musterte ihn überlegend.

„Lassen Sie mich wenigstens das Heck vom Schnee befreien!", beendete er schließlich seinen Gedankengang. „Das ist meines Erachtens gefahrlos möglich. Auf diese Weise könnte ich zumindest ein paar dringend benötigte Kleidungsstücke oder sonstige Utensilien aus dem Kofferraum holen!"

„Na gut!", gab Chris zögernd nach. „Gerade wegen der Zwillinge wäre ich doch dankbar für ein paar Kleinigkeiten aus dem Auto. Aber nur, wenn Sie mir versprechen, sofort Schluss zu machen, wenn auch nur das geringste Anzeichen von Gefahr besteht!"

„Versprochen!" In der Hoffnung, damit auch ihre letzten Bedenken zu zerstreuen, blickte Tobias Chris fest in die Augen. Für einen kurzen Augenblick erwiderte sie seinen Blick. Sorgenvoll, bittend, groß und fast schwarz in ihrem blassen Gesicht hinter dem Vorhang aus Schneeflocken waren diese Augen auf ihn gerichtet, und Tobias' Knie wurden weich. Was würde er darum geben, diesen bekümmerten Ausdruck aus ihrem Gesicht zu vertreiben und Chris einmal vollkommen unbeschwert lachen zu sehen! Voller Elan griff er nach seiner Schaufel, sobald sie den Blick gesenkt hatte. Er begann, den Schneeberg zu bearbeiten, während Chris mit dem Besen behilflich war, so gut es eben ging.

# *Kapitel 15*

Nachdem Chris und ihr Begleiter mehrere Minuten lang schweigend vor sich hin gearbeitet hatten, stieß Tobias einen freudigen Ruf aus. „Na, was sagt man dazu, hier kommt schon die Heckscheibe durch! Am besten machen Sie an dieser Stelle mit dem Besen weiter, damit ich die Scheibe nicht verkratze mit meiner Schaufel, und ich buddle mich seitlich weiter in die Tiefe!“

„Okay!“ Angesteckt von seinem Eifer, befolgte Chris Tobias’ Anweisung und kehrte die unterste Schneeschicht beiseite, bis sie durch das kleine Sichtfenster im Schnee den Koffer der Zwillinge erkannte. Er war halb bedeckt von Josies mit Teddybären bedruckter Kuscheldecke. Der vertraute Anblick ließ sie einen Moment innehalten.

„Was ist los?“, fragte Tobias und starrte wie sie ins Wageninnere. „Stimmt etwas nicht?“

„Ach nein. Es ist nur – sehen Sie die Bärchendecke dort? Sie begleitet Josie seit ihrer Geburt, als ich sie ihr geschenkt habe, und damit seit dem Beginn ihres Lebens. Eben musste ich wieder daran denken, wie dankbar ich Gott bin, dass Josie – und selbstverständlich auch Juju und ich – am heutigen Tag noch am Leben sind. Wäre ich nur ein wenig schneller gefahren, hätte die Mauer uns vielleicht nicht im letzten Moment noch zurückgehalten …"

„Sie *sind* aber nicht schneller gefahren, Chris – und wie Sie gerade selbst angedeutet haben: Gott hat Sie bewahrt, und das ist ihm selbst unter Umständen möglich, die wir uns gar nicht vorstellen können. Er allein ist der Urheber unseres Lebens und hält es für alle Zeiten in seiner Hand. Habe ich nicht recht?"

„Doch, das haben Sie wohl!", antwortete Chris bedächtig. Sie hatte nicht erwartet, dass Tobias ihren Glauben an Gott teilte, und die von Herzen kommende Überzeugung in seinen Worten überraschte sie noch mehr. Der junge Mann wurde ihr immer sympathischer.

„Danke für die Ermutigung!", fügte sie deshalb noch hinzu, ehe sie wieder zum Besen griff.

Nicht lange danach lag das Heck des kleinen blauen Seat nahezu schneefrei vor ihnen. Mithilfe des Enteisers aus seinem Schneemobil machte sich Tobias daran, das eingefrorene Schloss zu öffnen.

„Seien Sie bloß vorsichtig!", mahnte Chris, als der Kofferraumdeckel aufsprang. „Bestimmt hängt das Auto jetzt, nachdem wir es hinten vom Schnee befreit haben, noch mehr vornüber!"

„Schon gut, ich passe auf!" Tobias langte in den Gepäckraum, ergriff den Koffer der Zwillinge und zog ihn Stück für Stück ins Freie. Mit den Worten: „Das wäre dann mal Nummer eins!“, stellte er den Koffer schließlich neben Chris. „Wollen wir den zweiten Koffer auch gleich holen?“

„Besser nicht! Meiner ist viel schwerer als dieser hier, und ich bin vollkommen zufrieden damit, dass die Zwillinge jetzt versorgt sind!“ Chris hatte nur Augen für ihr Auto und befürchtete, dass es sich, befreit vom Gewicht des Koffers, vom Fleck bewegen könnte. Auf keinen Fall wollte sie, dass das empfindliche Gleichgewicht zwischen Wagen und Mauer weiter gestört wird!

„Dann wenigstens Ihre Handtasche!“, beharrte Tobias.

„Das ist unmöglich – die ist vorn auf dem Beifahrersitz!“

„Lassen Sie es mich wenigstens versuchen, Chris! Wenn ich von hinten in das Auto krieche und nur die Arme nach vorn ausstrecke, bilde ich doch automatisch ein Gegengewicht!“

Und ohne ihre Antwort abzuwarten, setzte Tobias seinen Vorsatz in die Tat um. Er kauerte sich in den Kofferraum und streckte, noch deutlich behutsamer als er eben den Koffer geborgen hatte, seine Arme nach vorn über die Sitze. Doch so klein der Seat auch war, hatte er keine Chance, auf diese Weise an die Handtasche auf dem Vordersitz zu gelangen.

Mit angehaltenem Atem beobachtete Chris, wie Tobias noch ein Stück weiter nach vorne kroch, sich noch ein Stück weiter reckte und dann nochmals, bis er über der Lehne der Rückbank lag und nur seine Füße noch hinten aus dem Kofferraum ragten.

„Gleich hab ich sie!“, stieß er zwischen zusammengebissenen Zähnen hervor. In diesem Augenblick geschah es: Unter deutlich vernehmbaren Knirschen, wie von Stein auf Stein – oder von Blech auf Stein, so genau konnte Chris es nicht sagen –, machte der Wagen einen Ruck nach vorn, während sein Heck sich leicht anhob. Was war geschehen?? Gab die Mauer etwa noch weiter nach, sodass der Wagen nun jeden Augenblick in die Tiefe stürzen würde?

Mit einem Schrei des Entsetzens warf sich Chris nach vorne und mit ihrem ganzen Gewicht in den Kofferraum … Sie klammerte sich an Tobias‘ schneenasse Hose, zog und zerrte an seinen Beinen mit aller Kraft, derer sie fähig war und die sie sich selbst niemals zugetraut hätte.

Dennoch kam es ihr so vor, als ob Tobias und sie selbst immer weiter nach vorne gezogen würden! Ihr Magen krampfte vor Angst, und die eben noch vorhandene Kraft wich aus ihren Gliedmaßen wie die Luft aus einem entknoteten Ballon. In ihrem Inneren, kurz vorher noch erfüllt von Dankbarkeit, herrschte nichts weiter als die nackte Angst ums Überleben.

„Jesus, hilf!“, stieß sie aus – und hörte in derselben Sekunde Tobias’ Worte in ihrem inneren Ohr: „Gott allein ist der Urheber unseres Lebens und hält es für alle Zeiten in seiner Hand. Habe ich nicht recht?“

Chris fühlte, wie ihre Furcht der Zuversicht wich und ihre Kräfte Stück für Stück zurückkehrten.

Tobias jedoch hörte nichts weiter als die bedrohlichen Geräusche, spürte die Erschütterungen des Wagens und wusste genau, dass er augenblicklich das Auto verlassen musste. Sofern das überhaupt noch möglich war! Hektisch schob er sich nach hinten und kam doch nicht weiter als wenige Zentimeter. Irgendwo im Wagen musste sich seine Kleidung verhakt haben! Tobias schob und zerrte mit aller Gewalt – vergeblich. Er hing fest! Tobias registrierte, wie Chris' Griff um seine Beine erschlaffte. Plötzlich wurde ihm bewusst, dass er nicht nur sein, sondern auch Chris' Leben aufs Spiel gesetzt hatte – und weshalb? War es ihm wirklich nur darum gegangen, ihr zu helfen? Oder hatte er ihr doch eher beweisen wollen, welch toller Kerl er war? Dass er ein Mann war, auf den sie sich voll und ganz verlassen konnte – denn genau das wünschte er im Fall dieser jungen Frau. Sie sollte sich auf ihn stützen und auf seine Hilfe vertrauen können; sie sollte ihn mögen, wie er sie vom ersten Augenblick an gemocht hatte! Stattdessen schwebte sie nun seinetwegen in Lebensgefahr, und es gab nur eine Chance, sie in Sicherheit zu bringen. „Lass los, Chris!", stieß er hervor. „Lass mich auf der Stelle los und spring aus dem Auto!!"

„Auf keinen Fall!" Der Griff um seine Beine verstärkte sich wieder, ihre Stimme klang atemlos. „Gott allein hält unser Leben in der Hand, und das für alle Zeiten. Weißt du nicht mehr? Er tut es genau jetzt!!"

Sie hatte es kaum ausgesprochen, als das Wunder geschah: Der Widerstand – das, was auch immer ihn im Fahrzeug festgehalten hatte – gab so plötzlich nach, dass er sich problemlos nach hinten schieben konnte. Handbreit für Handbreit befreite er sich aus seinem Gefängnis, ohne dass sich die instabile Position des Fahrzeugs noch weiter verschlimmerte …

Als sie beide wieder festen Boden unter ihren Füßen spürten, sank Chris erschöpft in den Schnee. Fassungslos starrten sie einander an. „Er tut es genau jetzt!", wiederholte Chris schließlich in ehrfürchtigem Staunen. Tobias blieb nichts weiter übrig, als ihr mit einem leisen „Danke, Vater im Himmel!" zuzustimmen. Seine eigenen Worte, ursprünglich als Ermunterung für Chris gedacht, hatten sich als wahrhaft prophetisch erwiesen.

„Allerdings brauche ich ein paar Sekunden, bis ich meinen Beinen wieder trauen kann. Meine Knie sind weicher als geschmolzene Butter!", erklärte sie und versuchte ein erstes zaghaftes Lächeln.

„Mit geht's nicht viel besser! Aber du solltest dazu nicht unbedingt im kalten, nassen Schnee hocken. Komm, ich helfe dir auf und wir machen, dass wir so schnell wie möglich zurück zur Hütte kommen! Im Warmen kannst du ausruhen, solange du willst." Er streckte ihr die Hand entgegen und zog sie sanft in die Höhe, bis sie ganz dicht vor ihm stand.

„Danke, dass du mich *nicht* losgelassen hast, Chris! Und vor allem: Verzeih mir bitte, dass ich dich in solche Gefahr gebracht habe!" Er blickte in ihre dunklen Augen und hielt ihren Blick diesmal ganz fest. „Das war dumm von mir, bodenlos leichtsinnig, und ich …" Er stockte. *Ich habe dich viel zu gern, um dich, auf welche Art auch immer, in Gefahr zu bringen. Viel lieber möchte ich dich vor allen Unfällen und sonstigem Unglück bewahren!*, wollte er eigentlich hinzufügen. Aber für eine Beteuerung dieser Art war es zu früh, viel zu früh. Erst sollte sie die Gelegenheit haben, ihn besser kennenzulernen und zu merken, dass er sich nicht nur wie ein imponiersüchtiger, gedankenloser Teenager benehmen konnte.

„Ich hätte es besser wissen müssen!", beendete er deshalb lahm seine Entschuldigung.

„Natürlich verzeihe ich dir, ich habe die Situation auch nicht ernst genug genommen!", antwortete Chris, ohne ihren Blick von Tobias zu nehmen. Waren seine Augen vorher grau wie ein Himmel voller Schneewolken gewesen, so glichen sie momentan eher dem Eisvogelblau ihres kleinen Wagens im Hintergrund. Und Tobias' eindringlicher Blick war nicht sehr geeignet, ihren Knien wieder mehr Festigkeit zu verleihen. Aus diesem Grund riss sie sich endlich von ihm los und schritt, behutsam einen Fuß vor den andern setzend, auf das Schneemobil zu.

Schweigend, jeder versunken in seine eigenen Gedanken, legten sie die Fahrt zur Almhütte zurück, während der gerettete Koffer seitlich am Schneemobil hing und Chris' Wagen aufs Neue von Schnee umhüllt wurde.

# *Kapitel 16*

*Immer noch am 23. Dezember*

Jetzt sieht es schon ein wenig nach Kamel aus!“, fand Juju, sobald Hannes das kleine Stück Holz in seinen Händen an einer Seite mit einer Rundung und an der entgegengesetzten mit so etwas wie der Grundform der Beine ausgestattet hatte.

„Tut es nicht!“, widersprach Josie, die es mittlerweile aufgegeben hatte, sich die Zeit mit Singen zu vertreiben. „Es sieht aus wie ein Hügel, der auf Stuhlbeinen steht – oder nein, auf Stelzen!“ Beim Stadtfest im vergangenen Sommer hatte Josie einen Clown auf Stelzen gesehen, die ebenso lang und dünn gewesen waren wie das, was der alte Bauer wohl als Kamelbeine gedacht hatte.

„Überhaupt nicht, es sieht wirklich bald aus wie unser Playmobil-Kamel zu Hause!“ Unter dem Tisch stieß Juju seine Schwester mit dem Fuß gegen das Schienbein, was so viel bedeuten sollte wie: „Hör auf zu meckern, Josie, sonst bekommen wir heute vielleicht gar kein Kamel mehr!"

„Tut es gar nicht!", beharrte Josie trotzdem dickköpfig.

„Tut es wohl!"

„Tut es …"

„Wenn ihr nicht sofort mit eurem albernen Gezanke aufhört, wird daraus tatsächlich kein Kamel mehr, sondern Brennholz!", mischte sich der alte Bauer ein und wies mit seinem Kinn in Richtung Ofen. „Ich setze mich doch nicht stundenlang an eine Arbeit für zwei Kinder, die nichts anderes im Sinn haben, als sich zu streiten!"

Er bedachte seine jungen Gäste mit einem grimmigen Blick.

„Fein!", schnappte Josie. Sie war es längst überdrüssig, bewegungslos an diesem Tisch zu sitzen und nichts weiter zu sehen zu bekommen als irgendein Werkzeug, das über einen Holzklotz schabte. Der Bauer brauchte sich gar nicht einzubilden, dass sie sich von seiner gerunzelten Stirn und den grimmig zusammengekniffenen Augen einschüchtern ließ!

„Ich brauche das kleine Kamel sowieso nicht", fuhr sie deshalb fort. „Denn ich ziehe mir jetzt etwas über und gehe nach draußen, um nach Tante Chrissi zu sehen. Sie ist schon viel zu lange weg!"

„Aber Josie!", protestierte Juju, doch seine Schwester ließ sich nicht aufhalten. Sie griff nach Winterjacke und Mütze, die zusammen mit Jujus Sachen ordentlich aufgestapelt am anderen Ende der Eckbank lagen, und schlüpfte hinein wie der Blitz. Ganz so, als hätte sie dieses Vorhaben schon lange geplant und wäre nicht eben erst aus lauter Langeweile auf die Idee gekommen, Ausschau nach ihrer Tante zu halten.

„Du kannst gern drinnen bleiben und zusehen, wie der Hügel auf Stelzen verbrennt!", warf sie Juju ungnädig zu und machte sich auf den Weg zur Tür.

Zu ihrem größten Erstaunen war der alte Mann schneller als sie. Als sie die Hüttentür erreichte, stand er mit verschränkten Armen davor und versperrte ihr den Weg. „Halt, mein Fräulein, so nicht!", knurrte er dabei. „Alleine rauszugehen kommt überhaupt nicht infrage!"

„Ich will aber hinaus!", begehrte Josie auf und schüttelte eigensinnig den blonden Lockenschopf, der unter der Mütze hervorquoll.

„Dann wartest du, bis dein Bruder und ich uns ebenfalls angezogen haben und mit dir gehen. Und jetzt ist Schluss mit der Widerrede, haben wir uns verstanden?!"

Hannes' Weisheit im Umgang mit den Zwillingen war allmählich ebenso am Ende wie seine Geduld. Wie konnte dieser stille, verträumte Junge nur eine derart anstrengende Schwester haben? Vielleicht war es tatsächlich am besten, die beiden für einige Minuten im Freien toben zu lassen, Schneefall und unbekannte Umgebung hin oder her. Solange er sie unter seiner Aufsicht behielt, konnte ihnen im Grunde nicht mehr geschehen, als dass sie nass wurden und die frische Luft sie ermüdete – und eben dieser zweite Punkt war es, der ihn an Josies Idee überzeugte.

„Komm, Bub, lassen wir uns alle mal kurz den Wind um die Nase wehen!“ Er hielt dem zweiten Blondschopf Jacke und Mütze entgegen und schlüpfte anschließend in seine eigenen Sachen.

Dann gab er Josie den Weg frei. Für den Augenblick zum Schweigen gebracht von Hannes' Strenge, eilte sie nach draußen. Immerhin hielt sie sich dabei an seine Anordnung: „Immer in Sichtweite der Hütte bleiben!“

Unterdessen ging es auf Mittag zu und Hannes hatte den Eindruck, der Schnee fiele nicht mehr ganz so dicht wie noch am Morgen. Zwar reichte die Sicht nicht bis zum Waldrand, doch bei genauem Hinsehen erkannte er die Konturen seines Traktors und des Schneeschiebers, der daran lehnte. Auch die Spuren des Schneemobils waren nicht vollständig zugeweht. Mit etwas Glück würde es abends oder spätestens in der Nacht ganz zu schneien aufhören, was ihn wiederum ein gutes Stück näher an den Zeitpunkt brachte, an dem er seine Gäste verabschieden konnte …

Hannes nahm den Schneeschieber und begann, einen vorläufigen Pfad von der Hüttentür zum Traktor zu bahnen, ohne jedoch die Kinder aus den Augen zu lassen. Juju stand noch immer unter dem vorgezogenen Hüttendach und musterte mit großen Augen seine tief verschneite Umgebung, während Josie bereits bis zu den Hüften in einer nahen Schneewehe steckte. Innerhalb kürzester Zeit würde sie ebenso durchnässt sein wie gestern, doch offenbar hatte sie die Strapazen des vergangenen Tages längst vergessen.

„Sind das dort drüben Tannenbäume?" Juju deutete auf die Baumspitzen, die hinter dem Traktoren-Schneeberg sichtbar waren.

„So ist es!"

Zufrieden nahm Juju den Anblick der Bäume in sich auf. Heute war der Tag vor Heiligabend. Es beruhigte ihn ungemein zu wissen, dass sich diese Tannenbäume in erreichbarer Nähe befanden, genau genommen gleich hinter ihrer Herberge. Nur für den Fall, dass sie alle morgen noch immer hier waren.

Ein aufgeregter Ruf durchbrach seine Überlegung: „Sie kommen – Tante Chrissi kommt zurück!"

Josie winkte mit beiden Händen zum unteren Ende der Almwiese, wo tatsächlich in diesem Augenblick das Schneemobil auftauchte. Wie eine fleißige kleine Biene brummte es den Berg herauf, wurde größer und lauter und kam endlich vor der Hütte zum Stehen.

„Da sind wir wieder!", verkündete Tobias, schob die Skibrille hoch und schwang sein Bein über den Lenker. Unterdessen stieg auch Tante Chrissi ab. Sie verlor erst gar keine Zeit damit, den Helm abzunehmen, sondern schloss Josie, die sich aus ihrer Schneewehe heraus bis zu ihr gekämpft hatte, überschwänglich in die Arme.

„Das ist von deiner Mama, Josie! Ich soll dich ganz, ganz fest von ihr drücken und ausrichten, dass sie es kaum erwarten kann, dich wiederzusehen! Dasselbe gilt natürlich auch für dich, Juju, komm her, mein Schatz!"

Ihre Tante umarmte und küsste die Zwillinge, bis Josie sich beschwerte: „Bitte lass mich los, Tante Chrissi, du drückst mir deinen Helm genau gegen das Gesicht!"

„Oh weh, das tut mir leid!", bereute Tante Chrissi. Sie sah dabei so betroffen drein, dass Josie sie lächelnd beruhigte: „Schon gut, nun ist es ja vorbei!" Und Juju schmiegte sich noch einmal an sie. Dann fragte er: „Wie geht es Mama und dem Baby? Kommen sie und Papa jetzt bald?"

„Es geht eurer Mama soweit ganz gut. Aber ihr wisst ja, sie muss nochmals zum Arzt, ehe sie losfahren können! Und ihr beide – was macht ihr eigentlich hier draußen? Ihr solltet doch in der Hütte auf mich warten!"

„Ja, weißt du …" Josie wurde rot und Juju wusste: Unterdessen tat es ihr leid, dass sie so ungeduldig und ärgerlich mit Juju und Hannes gewesen war – so leid sogar, dass ihr nicht einmal eine geeignete Antwort einfallen wollte.

An ihrer Stelle antwortete der alte Bauer: „Die Kinder brauchten ein wenig frische Luft. Es tut ihnen nicht gut, pausenlos nur in der Stube herumzusitzen!"

Und Juju tat ein Übriges, um Chris abzulenken: „Siehst du die Bäume dort hinten, Tante Chrissi? Es sind Tannenbäume – ganz viele Tannenbäume, genau wie ich sie mir zu Weihnachten gewünscht habe!"

„Wie schön, das freut mich!", gab Chris halbherzig zurück. Sie für ihren Teil hatte heute bereits genug Tannenbäume gesehen, ganz zu schweigen von der Menge an frischer Luft, die sie unterwegs abbekommen hatte. Nun wollte sie nichts weiter, als endlich in die warme Hütte zurückzukehren.

„Trotzdem sollten wir jetzt alle zurück ins Haus, eurer Tante ist kalt!", mischte sich Tobias ein. „Auf Dauer ist es doch ziemlich unangenehm hier draußen, stimmt's, Chris?"

Chris warf ihm einen erstaunten Blick zu. Es war das erste Mal, dass Tobias das Wort an sie richtete, seit sie einander an der Unfallstelle so nahe gewesen waren. Die Besorgnis in seiner Stimme rührte sie. Sie nickte wortlos, legte den Arm um Jujus Schulter und begab sich mit ihm in die Hütte, während Tobias den Koffer der Zwillinge nahm. Chris hatte ihn bei der Begrüßung achtlos neben dem Schneemobil abgestellt. „Seht nur, was wir gefunden haben, als wir bei eurem Wagen nach dem Rechten gesehen haben!"

„Das ist ja unser Koffer!", quietschte Josie aufgeregt. „Und – mein Schnuffeltuch!"

„Ein Schnuffeltuch ist das also, ja? Und ich dachte schon, es wäre ein Taschentuch für einen Riesen mit Schnupfen!" Tobias stellte den Koffer wieder ab, schwang sich stattdessen die kichernde Josie samt Teddybären-Schnuffeltuch auf die Schultern und duckte sich unter dem Türsturz hindurch, während Hannes mit dem Koffer hinterdreinstapfte.

# *Kapitel 17*

Ihr wart also beim Wagen, ja?“, nahm Hannes Tobias’ vorherige Worte auf. „Wie sieht es dort unten auf der Straße aus?“

„Wie Chris bereits beschrieben hat: Der Wagen hängt vornuber auf der Mauer zur Schlucht und von der Straße ist nicht das Geringste zu erkennen. Auch das Auto selbst war komplett unter dem Schnee begraben – zumindest so lange, bis wir diesen Koffer für die Kinder herausgeholt haben.“

„Hm“, äußerte sich Hannes unbestimmt und stellte den nassen Koffer auf einem Stuhl vor dem Ofen ab.

„Weshalb fragst du?“ Tobias schwenkte Josie noch etliche Male auf und ab, ehe er sie auf dem Boden unmittelbar vor ihrem Koffer absetzte.

„Ich dachte, wir könnten das Auto vielleicht mit meinem Traktor zurück auf die Straße ziehen, sobald es nachlässt zu schneien. Auf diese Weise wären wir nicht auf einen Abschleppdienst angewiesen.“ Der Gedanke war Hannes gekommen, als er eben draußen mit seiner Schneeschaufel hantiert hatte.

„Ja, warum nicht? Soviel ich gesehen habe, hat der Wagen

außer einer gehörigen Delle nicht so sehr viel Schaden abbekommen und könnte vielleicht sogar noch fahrtüchtig sein. Aber wie du schon sagst, zuerst muss es mal aufhören zu schneien und die Straße geräumt sein. Im Moment ist daran noch nicht zu denken!“

„Es tut mir aufrichtig leid, dass wir Ihnen dadurch so lange zur Last fallen, Hannes!“, mischte Chris sich ein. „Jedenfalls soll ich Ihnen auch von meiner Schwester den innigsten Dank ausrichten, dass Sie uns bei sich aufgenommen haben. Ich hoffe, die Kinder haben Sie nicht von Ihrer Arbeit abgehalten, solange ich unterwegs war?!“

Fragend wanderte ihr Blick über das Schnitzzeug auf dem Esstisch.

„Wie man's nimmt!“ Hannes bedachte Josie, die bereits den Koffer öffnete, mit einem strengen Blick, und Juju beeilte sich, seine Tante zu beruhigen: „Wir haben ihm beim Schnitzen zugesehen. Hannes wollte uns das kleine Kamel aus deiner Geschichte schnitzen, stell dir vor!“

„Tatsächlich?“ Tobias musterte seinen Vater erstaunt. Er konnte sich nicht einmal daran erinnern, wann er ihn das letzte Mal mit einem Schnitzmesser in der Hand gesehen hatte – vermutlich, als Tobias selbst noch ein Kind gewesen war. Hatte er in seiner Einsamkeit hier oben tatsächlich wieder damit angefangen oder das lange vernachlässigte Werkzeug nur den Kindern zuliebe zur Hand genommen?

„Das ist schön, danke!“, antwortete Chris derweil unbefangen. „Aber ab jetzt bin ich wieder für die beiden da. Und ihr habt sicher ein wenig Spielzeug in euerm Koffer, mit dem wir uns die Zeit vertreiben können, nicht, Josie?“

„Nur ein paar Bücher, Buntstifte und ein Kartenspiel, alles andere wollte Mama mitbringen!“ Josie hatte mittlerweile den Inhalt des halben Koffers auf dem Boden um sich herum ausgebreitet und starrte unzufrieden auf ihre Besitztümer. Abgesehen von den genannten Dingen bestanden sie hauptsächlich aus schneefester Kleidung. „Und das olle Schwarzer-Peter-Spiel ist noch langweiliger als ein Rechenspiel in der Schule!“

„Nicht, wenn wir es alle gemeinsam spielen!“, beharrte Chris. Sie nahm die verschmähten Karten zur Hand und lächelte aufmunternd: „Wir ziehen uns nur rasch etwas Trockenes an. Dann setzen wir uns damit an den Tisch, sodass Hannes in Ruhe weiterarbeiten und Tobias nach Hause zurückfahren kann! Wir haben ihn schon viel zu lange aufgehalten.“

„Ich will aber lieber noch mal nach draußen!“, maulte Josie, und zu Chris' Verwunderung zögerte auch Juju, ihr zu gehorchen.

„Was ist los, Juju, willst du etwa auch nochmals hinaus in die Kälte? Ich dachte, wir alle hätten gestern schon genug Eis und Schnee abbekommen!“

„Schon, Tante Chrissi, aber …“ Juju blickte auf die Spitzen seiner Winterschuhe hinab, als habe er niemals etwas Interessanteres gesehen. Im Gegensatz zu Josie liebte er es gar nicht, sich seiner Tante – oder den Eltern oder der Lehrerin – zu widersetzen. Aber diese Sache war so wichtig, dass es nun einmal sein musste. „Aber", fuhr er deshalb so mutig wie möglich fort, „ihr habt eben wieder gesagt, dass wir erst weiterfahren können, wenn der Schnee aufhört. Was ist aber nun, wenn er erst morgen oder übermorgen aufhört? Was, wenn wir morgen Abend immer noch hier in der Hütte sind – dann haben wir am Heiligen Abend nicht einmal einen Weihnachtsbaum, obwohl da draußen doch so viele Tannenbäume stehen …"

Seine letzten Worte waren nur noch ein Flüstern.

„Ach Juju! So sehr ich es mir auch anders wünschte – das ist nun mal nicht mehr zu ändern!" Beim Anblick der Tränen, die sich in Jujus Augen sammelten, biss Chris sich auf die Lippen und versicherte: „Aber ich verspreche dir, dass wir alles ganz ausführlich und feierlich nachholen, sobald wir in unserem Ferienhaus …"

„Entschuldige, wenn ich mich einmische", fiel Tobias ihr ins Wort, „aber ich denke, Juju hat recht: Da draußen stehen genug Tannenbäume herum, die nur darauf warten, als Weihnachtsbaum in die Hütte geholt zu werden! Wenn ihr wollt, gehen wir gleich miteinander hinaus, damit ihr euch den schönsten aussuchen könnt, und ich schlage ihn für euch. Du hast doch sicher nichts dagegen, Vater?"

„Allerdings habe ich etwas dagegen!", setzte Hannes an,

doch im Freudengeheul der Zwillinge ging seine Bemerkung vollkommen unter. Es kostete Chris einige Mühe, die beiden in ihre trockenen Schneeoveralls samt Stiefeln aus dem Koffer zu stecken, ehe sie mit Tobias nach draußen stürmten.

Chris, noch immer in Hannes' feuchten Skihosen, folgte den dreien gemächlich zu der Baumgruppe, in deren Schutz und Schatten sich die Almhütte schmiegte. Majestätisch ragten die Tannen in die Höhe, trugen klaglos und nur teilweise gebeugt ihre schwere Schneelast, während der Wind sich zwischen ihnen fing und pfeifend gegen sie anstürmte. Die Zwillinge legten ihren Kopf in den Nacken und genossen staunend den Anblick. Ihr Schweigen hielt jedoch nicht lange vor.

„Wir nehmen den da!", riefen sie unisono, als Chris neben ihnen Halt machte, und deuteten auf jeweils eine der Tannen. Josies Finger wies auf den höchsten der Nadelbäume, der allenfalls in eine Kathedrale gepasst hätte, während Jujus Augen sehnsüchtig auf einen niedrigen, aber weit ausladenden Baum mit schön gewachsener Spitze gerichtet waren.

„Aha!" Grinsend wechselte Tobias seine Axt von einer Hand in die andere. „Es könnte allerdings ein bisschen eng werden, wenn wir uns den Platz in Vaters Hütte mit beiden Bäumen teilen müssen, meint ihr nicht? Außerdem bräuchten wir eine Leiter, um etwas an deinen Baum zu hängen, Josie, und die haben wir nicht."

„Das ist dumm!", gab Josie zu, und Tobias schlug vor: „Wir

sollten es eurer Tante überlassen, den passenden Baum zu suchen! Sie hat von uns allen bestimmt die meiste Weihnachtsbaumerfahrung."

„Okay!" Juju war mit allem einverstanden. Es hätte ihm auch nichts ausgemacht, wenn sie Josies Riesen-Baum mit in die Hütte genommen hätten, solange sie nur einen dieser duftenden und unter all dem Schnee bestimmt herrlich grünen Weihnachtsbäume bekamen. „Welchen sollen wir nehmen, Tante Chrissi?"

„Puh, das ist nicht ganz einfach bei der Auswahl hier!" Chris blinzelte gegen die Schneeflocken an, die ihr die Sicht nahmen, und überlegte einen Augenblick. Nachdem sie sich anfangs etwas überfahren gefühlt hatte von Tobias' plötzlicher Weihnachtsbauminitiative, fand sie allmählich Gefallen an der ganzen Aktion. Einen passenderen Zeitvertreib für die Zwillinge, als einen Baum zu finden und danach selbstverständlich auch zu dekorieren, konnte es unter den gegebenen Umständen doch gar nicht geben!

„Ich bin für diesen dort, gleich links von Jujus Baum!", entschied sie schließlich. „Seine Zweige sind schön dicht und gerade, und er sieht mir ganz so aus, als passte er genau in die Ecke neben der Hüttentür!"

„Eine gute Wahl!", lobte Tobias. „Dann tretet mal alle ein paar Schritte zurück, damit mir keiner der Axt in die Quere kommt oder unter dem Schnee begraben wird, der demnächst vom Baum fallen wird!"

Sowie Chris und die Zwillinge seine Anweisung befolgt hatten, platzierte Tobias sich breitbeinig vor der Tanne, holte aus und hieb seine Axt kräftig gegen den Baumstamm. Eine tiefe Kerbe markierte seinen Schlag und die Berge ringsum gaben diesen als mehrfaches Echo wieder.

„Du bist aber stark!“, bemerkte Josie nach einigen weiteren Schlägen. „Ich glaube nicht, dass unser Papa das auch so gut könnte!“

„Das muss er ja auch nicht, wenn ihr in der Stadt lebt, nicht wahr? Bei uns in den Bergen dagegen ist das nichts Besonderes, es gehört einfach zum Alltag!“, wehrte Tobias ab.

„Trotzdem!“ Josie strahlte bewundernd zu Tobias auf, der einen Augenblick innehielt und prüfend sein Werk musterte. „Jetzt passt auf, gleich ist es so weit!“, konstatierte er und hieb noch einmal kräftig in den Stamm. Dann legte er die Axt beiseite und trat vor, um den Baum mit einem kräftigen Druck seiner Arme nach hinten umzulegen.

Unter beträchtlichem Knirschen neigte sich der Baum. Der Schnee, der bislang nur spärlich heruntergerieselt war, landete komplett als kleiner Berg an seinem Fuße, und schließlich lag die Tanne in ganzer Pracht zu ihren Füßen.

„Hurra, wir haben einen Baum!“ Josie tanzte singend auf und ab. „Wir haben einen Weihnachtsbaum, wir haben einen Weihnachtsbaum! Ist das nicht toll, Juju?!“

Juju nickte stumm. Vor lauter Freude blieben ihm die Worte

im Hals stecken. Er machte ein paar Schritte auf den kleinen grünen Baum zu und strich sachte über einen Zweig. Er wollte sich davon überzeugen, dass sein Wunsch wahr geworden war – dass die Tanne tatsächlich in Kürze als echter Weihnachtsbaum die Almhütte schmücken würde.

# *Kapitel 18*

*23. Dezember, abends*

So, ich denke, es ist genug!“

Chris machte drei Schritte rückwärts, bis sie mit der Hüfte fast gegen den Ofen stieß, und die Zwillinge taten es ihr nach. Dann betrachteten alle drei ihr gemeinsames Werk: den geschmückten Weihnachtsbaum an der gegenüberliegenden Hüttenwand.

In einem einfachen Ständer aus überkreuzten Hölzern, den Hannes gezimmert hatte, während Tobias die Tanne fällte, stand er nun da. Und er sah aus, wie noch niemals ein Weihnachtsbaum vor ihm ausgesehen haben mochte.

„Wunder-wunder-wunderschön!“, fand Juju, dem bei aller Freude ausnahmsweise einmal nicht die Worte fehlten.

„Der schönste Weihnachtsbaum auf der ganzen Welt!“, bestätigte Josie und ließ eine kleine, an einem Bindfaden befestigte Holzfigur um ihren Finger kreisen. Sie hatte diesen winzigen Stern gerade noch an den Baum hängen wollen, als Tante Chrissis Worte sie aufgehalten hatten.

„Aber der hier fehlt noch!", sagte sie nun, platzierte den Stern an einem der untersten Äste und stellte fest: „Jetzt ist alles perfekt!"

Und das war der Baum in der Tat, nachdem die Zwillinge, Chris, Tobias und schließlich sogar Hannes den ganzen Nachmittag lang daran gearbeitet hatten. Josie hatte Seiten aus ihrem Malbuch herausgetrennt, aus denen bunte Papiergirlanden entstanden waren; Juju hatte Tannen-, Fichten- und Kiefernzapfen, die Hannes eigentlich als Anbrennholz für seinen Ofen gesammelt hatte, mit Bindfäden versehen und an die grünen Zweige gehängt. Tobias war auf die Idee gekommen, von einigen dickeren Tannenzweigen Scheiben abzusägen und daraus kleine Herzen, Sterne und Monde anzufertigen. Chris hatte aus der Alufolie, in der etliche der von Tobias mitgebrachten Lebensmittel verpackt gewesen waren, kleine, glänzende Schleifen geformt. Hannes saß zunächst nur daneben, sah dem Treiben zu und schnitzte dabei scheinbar ziellos an einem Stück Holz herum. Doch nachdem sich Tobias verabschiedet hatte, um noch vor Einbruch der Dunkelheit ins Tal zurückzufahren, hatte Hannes den Zwillingen eine fertige Schnitzfigur überreicht. Es war das kleine Kamel, das nun nicht einmal mehr für Josie Ähnlichkeit mit einem Hügel auf Stelzen besaß. Der Hügel war zu zwei kleinen Höckern geworden, die Stelzen zu vier kurzen, knochigen Beinen und am Kopf des Kamels waren sogar zwei winzige Ohren und Augen und das dicke Kamelmaul zu erkennen.

„Wir wollen es ganz oben als Spitze auf den Baum setzen!", hatte Juju mit glänzenden Augen ausgerufen. „Es ist zwar kein leuchtender Stern wie auf dem Baum zu Hause, aber es ist doch immerhin dem leuchtenden Stern gefolgt, nicht?"

Und so war es geschehen. Mit etlicher Mühe hatte Hannes das kleine Kamel auf der Baumspitze befestigt, von wo es nun auf seine Bewunderer herunterblickte. Rund um den Baum verteilt standen Hannes' dickste Kerzen auf dem Boden und vervollständigten den wunderlichen Weihnachtsbaum.

„Ich kann es kaum erwarten, bis wir diese Kerzen morgen anzünden!", seufzte Josie erwartungsvoll.

„Ich auch!", stimmte Juju sehnsüchtig in ihren Seufzer ein. „Ich wünschte nur, Mama und Papa könnten unseren Baum auch sehen!"

Chris legte beiden Kindern einen Arm um die Schultern und überlegte einen Augenblick. Dann schlug sie vor: „Wir werden Tobias darum bitten, mit seinem Handy ein Bild davon zu machen, wenn es morgen so weit ist, und es Papa und Mama zuschicken. Das ist dann fast so gut, als wären sie dabei!"

„Oh ja!" Der Vorschlag ihrer Tante heiterte Josie bereits wieder auf, und der Gedanke, dass ihr neuer Held Tobias versprochen hatte, morgen wiederzukommen, tat ein Übriges. Ohne große Umstände hatte Tobias Tante Chrissi zu Hause anrufen lassen, ihr Schnuffeltuch besorgt, einen Weihnachtsbaum herangeschafft und auch noch wunderschöne Figuren zum Aufhängen gebastelt. Es würde sie nicht erstaunen, wenn er am folgenden Tag noch mehr kleine Wunder vollbringen würde …

„Es dauert jetzt sowieso nicht mehr lange, bis wir Papa und Mama wiedersehen, Juju, höchstens noch zweimal schlafen!", ermunterte sie ihren Bruder deshalb voller Zuversicht.

„Nur noch zweimal? Stimmt das auch, Tante Chrissi?" Fragend wandte Juju sich an Chris.

„Möglich wäre es! Und ich finde, Josie, es ist eine ausgezeichnete Idee, schlafen zu gehen! Wir wollen nur rasch noch etwas essen, dann geht's ab ins Bett!", lenkte Chris ab.

„Ab auf den Strohsack, meinst du wohl!", kicherte Josie, und allein der Gedanke ans Schlafen ließ sie plötzlich mächtig gähnen. Es war ein wirklich langer, anstrengender Tag gewesen, und nicht einmal die Aussicht auf das pieksende Stroh in ihrem Rücken machte ihr mehr Sorge. Bestimmt konnte sie in dieser Nacht schlafen wie ein Baby.

Bald darauf lagen die Zwillinge tatsächlich in tiefem Schlummer auf ihren Strohsäcken, Josie mit dem Schnuffeltuch über ihrem Gesicht, und Juju hielt, da Murmel sich weiterhin im Auto befand, ein Stück zusammengeknäueltes Laken an seine Brust gedrückt. Eine Minute lang betrachtete Chris die beiden liebevoll, ehe sie sich selbst auf den Strohsack legte. Auch sie war müde, dennoch wollte sich der Schlaf nicht gleich einstellen.

„Höchstens noch zweimal schlafen, bis wir Mama und Papa wiedersehen!", hatte Josie vorhin voller Zuversicht verkündet – einer Zuversicht, die Chris nicht teilen konnte. Es hatte den ganzen Nachmittag und Abend über weiter geschneit und all ihre Versuche, sich einzureden, der Schneefall ließe nach, hatten nicht gefruchtet. Wie konnte sie da irgendjemandem versprechen, dass sie nicht mehr lange hier auf der Alm festsitzen würden? Obendrein noch einem sensiblen sechsjährigen Jungen wie Juju, für den jedes Wort eines Erwachsenen doppeltes Gewicht hatte? Folglich war ihr vorhin nichts weiter übrig geblieben als ein Ablenkungsmanöver für die Kinder, das glücklicherweise auch gelungen war. Sich selbst abzulenken, erwies sich da als wesentlich schwieriger.

Seufzend bemühte sich Chris, ihre Gedanken auf die Segnungen zu richten, die sie heute erfahren hatten, statt auf ihre Sorgen. Und die ließen sich im Grunde in einem Wort zusammenfassen: Tobias. Von dem Augenblick an, da der junge Mann morgens mit seinem schneebedeckten Helm auf dem Kopf in die Almhütte gestolpert war, hatten sich die Ereignisse zum Guten gewendet. Nicht nur durch sein entschlossenes Handeln wegen des Anrufs und sein Husarenstückchen am Unfallort, sondern noch viel mehr durch seine positive Einstellung. Sein Eingehen auf die Kinder, sein Sinn für Humor, sein breites

Grinsen, seine Lebenslust, die fast so ansteckend war wie die von Josie … Chris konnte Josies offensichtliche Bewunderung für den jungen Mann durchaus nachvollziehen.

Am Nachmittag, als sie alle gemeinsam den Baum schmückten, war das Mädchen kaum von seiner Seite gewichen. Sie hatte jede einzelne seiner zurechtgesägten Figuren ausgiebig bewundert und mit für sie vollkommen untypischer Sorgfalt aufgehängt und Tobias, als er sich verabschieden musste, voller Zuneigung umarmt.

*Kind müsste man eben sein*, dachte Chris bei der Erinnerung daran und bedauerte, dass sie selbst nicht ihrem ersten Impuls nachgegeben und Tobias heute Vormittag in die Arme gefallen war, nachdem sie beide heil dem schwankenden Wagen entkommen waren. Falls sie seinen Blick in dieser Situation richtig gedeutet hatte, war nämlich auch Tobias nahe daran gewesen … Seufzend drehte Chris sich auf die andere Seite, damit sich der harte Boden unter der Strohsackmatratze wenigstens gleichmäßig in beide Körperseiten drückte.

Das Rascheln des Strohs drang bis hinüber in Hannes' Schlafstube. Auch für ihn war dieser 23. Dezember ein denkwürdiger Tag gewesen, genau genommen das vollkommene Gegenteil dessen, was er sich von seinem Weihnachten alleine auf der Alm erhofft hatte: ein Tag voller Gesellschaft, Gespräche, kindlichem Geplapper und weihnachtlicher Aktivitäten. Nicht zu fassen, dass Tobias ohne Hannes' ausdrückliche

Erlaubnis eine seiner Tannen als Weihnachtsbaum gefällt hatte, und vor allem, dass er selbst, Hannes, einen Ständer und sogar Dekoration für diesen Weihnachtsbaum angefertigt hatte! Wie konnte es nur dazu kommen? Es musste an den Kindern liegen. An Jujus Augen, die oft so groß und träumerisch in die Ferne gerichtet waren, wenn er anscheinend in sich selbst hineinlauschte; oder an Josie, die nur selten einmal ihr Plappermaul halten und noch viel seltener stillsitzen konnte – was ihn im Laufe der Zeit immer weniger nervte. Ob sein Enkel, Florians und Sabrinas Sohn, später einmal so werden würde wie Josie oder eher wie Juju?

Kopfschüttelnd über sich selbst und darüber, welche Richtung seine Gedanken heute Nacht nahmen, versuchte Hannes eine ganze Weile vergeblich, Ruhe zu finden, um schließlich doch wieder aufzustehen und sich an seinen schlafenden Gästen vorbei ins Freie zu schleichen. Vielleicht brauchte er nur ein wenig frische Luft, um seinen Kopf wieder frei zu bekommen.

Draußen vor der Hütte empfing Hannes nicht nur die eiskalte Nachtluft, sondern vor allem der mittlerweile so vertraute Anblick des endlos fallenden Schnees. Was zu gut Deutsch bedeutete: Ihm stand wenigstens noch ein weiterer, ganzer Tag und eine Nacht in Gesellschaft seiner Gäste bevor! Ein Seufzer kam über Hannes' Lippen und malte eine winzige Nebelwolke in die Bergwelt.

# *Kapitel 19*

*24. Dezember*

Wie am Morgen zuvor erwachte Chris, noch ehe es wirklich hell war. Das heißt, falls es heute tatsächlich nennenswert hell werden würde und nicht erneut den ganzen Tag dieses trübe „Die-Welt-versinkt-im-Schnee-Zwielicht" herrschte. Und das am Heiligen Abend, dem Tag, dem die Zwillinge so entgegengefiebert hatten und den sie nun, ohne Eltern und ohne Geschenke, gemeinsam mit einem Fremden auf dieser abgelegenen Alm verbringen mussten! Das Einzige, was sie hier tatsächlich an Weihnachten erinnern würde, war ihr Weihnachtsbaum.

Mit schwerem Herzen sog Chris den harzigen Duft des Nadelbaumes ein und nahm sich vor, alles in ihrer Macht Stehende zu tun, um Juju und Josie trotz allem einen unvergesslichen Festtag zu bereiten. So leise wie möglich stand sie auf, zupfte sich diesmal zuerst das Stroh aus dem Haar und vollzog eine Katzenwäsche, um anschließend das Feuer im Ofen neu zu entfachen und Frühstück zu machen. Vom Vortag waren noch genügend Eier übrig, um Pfannkuchen zu backen. Die Zwillinge liebten Pfannkuchen, auch wenn sie diese noch nie zum Frühstück gegessen hatten, und Hannes würde sicherlich auch nichts gegen eine süße Mahlzeit haben.

Bald darauf begann das Feuer zu prasseln und das Fett in der alten gusseisernen Pfanne zu schmelzen, während Chris ihren Teig anrührte und Hannes noch leicht schlaftrunken den Raum betrat.

Fragend hob er die dichten, grauen Augenbrauen und Chris antwortete flüsternd, ohne seine Frage abzuwarten: „Pfannkuchen. Die Kinder lieben sie, und heute ist Heiligabend! Ich möchte den beiden auch ohne ihre Eltern und das übliche Drumherum einen schönen Tag machen. Ich hoffe, Sie haben nichts dagegen?!“

Hannes nickte stumm. Ihn an das Fest zu erinnern, war wahrhaft überflüssig. Der duftende Baum in der Stubenecke war Beweis genug. Von seiner Spitze herab blickte das kleine Kamel auf Hannes hinunter. Ihm war, als lachte es über ihn, der zu Weihnachten die Einsamkeit gesucht hatte und sich stattdessen nun die enge Stube mit ungeladenen Gästen und einem Weihnachtsbaum teilte …

Weiterhin schweigend machte er sich daran, Kaffee zu kochen, und versorgte auch Chris mit einer Tasse des starken, heißen Gebräus. Sie trank während des Backens, und als sich die ersten Pfannkuchen auf einem Warmhalteteller stapelten, erwachten die Zwillinge.

„Pfannkuchen!", rief Josie, sobald sie sich verschlafen die Augen gerieben und kurz umgeblickt hatte. „Es gibt Pfannkuchen zum Frühstück, Juju! Das habe ich mir schon immer gewünscht – und jetzt bekommen wir sie am Heiligen Abend!"

Im Handumdrehen saßen die beiden am Tisch und genossen Chris' leicht angeschwärzte Pfannkuchen. Doch das Frühstück war bald vorüber und damit begann das „Große Warten", wie Linda und Chris das Warten auf den Abend des Heiligen Abends als Kinder genannt hatten.

Wobei man es in diesem Fall ebenso gut das Warten auf Tobias nennen konnte, wie Chris nach kurzer Zeit feststellte: Von dem Zeitpunkt an, da die Zwillinge sich gewaschen und angezogen hatten, fragte Josie etwa alle fünf Minuten ungeduldig nach Tobias oder öffnete die Hüttentür, um nach ihm Ausschau zu halten. Auch Juju, der sich zunächst von Chris zu einem Schwarzer-Peter-Spiel hatte überreden lassen, wurde zusehends unruhiger. Immer öfter ließ er seine Karten sinken und blickte zu Josie und der Tür hinüber oder vergewisserte sich: „Tobias kommt doch bestimmt, nicht? Er hat es uns fest versprochen! Er muss ja ein Foto von unserem Baum machen!"

Schließlich wurde Hannes das Ganze zu bunt. „Das ist ja nicht auszuhalten! Du lässt nicht nur die ganze Kälte und den

Schnee rein, wenn du ständig die Tür aufreißt, Mädchen, sondern machst uns alle ganz nervös. Jetzt setzt du dich hierher ans Fenster, um von drinnen Ausschau zu halten! Und damit du auch wirklich etwas siehst, werde ich es rasch von draußen freischaufeln."

Damit erhob er sich vom Tisch, an dem er sich mit einer Zeitschrift niedergelassen hatte. Er ging nach nebenan, um sich umzuziehen, und verließ kurz darauf in Skihosen, Handschuhen und einer Fellkappe die Hütte.

Josie gehorchte. Sie rutschte auf die Eckbank neben Juju mit seinen Schwarzer-Peter-Karten und verkündete streitlustig: „Zu zweit Schwarzer Peter spielen ist noch öder als zu dritt. Man weiß immer genau, wer ihn hat, und muss bloß gucken, wie man ihn am besten dem anderen zuschiebt oder erst gar nicht bekommt. Langweiliger geht's doch gar nicht!"

Während sie sprach, ertönte von draußen ein Scharren und Schaben, das sich nur ganz langsam näherte: Hannes bahnte sich an der Hüttenwand entlang seinen Weg zum Fenster. Chris mochte gar nicht daran denken, welche Mengen an Schnee er beiseiteschaffen musste, um Josie die Sicht freizuschaufeln. Der alte Bauer mochte zwar gerne alle herumkommandieren, doch im Grunde war er ein gutmütiger, hilfsbereiter Zeitgenosse. Sie hätten es mit ihrem erzwungenen Aufenthalt auf der Alm wahrhaftig schlechter treffen können! Ihre Aufgabe heute war nur, insbesondere Josie so weit wie möglich beschäftigt zu halten, bis endlich der sehnsüchtig erwartete Tobias eintraf.

„Nun, wie wäre es dann, wenn du mitspielst, damit Juju und ich nicht am Ende einschlafen vor lauter Langeweile?“, ging sie auf Josies Bemerkung ein. „Das Fenster kannst du trotzdem im Auge behalten!“

„Na schön!“ Seufzend ergab sich Josie in ihr Schicksal. „Dann gebt mir mal Karten!“

Etliche Minuten lang konzentrierte sie sich vollkommen darauf, den Schwarzen Peter, der unglücklicherweise gleich am Anfang bei ihr gelandet war, wieder loszuwerden, ehe sie ihre Aufmerksamkeit von Neuem auf das Fenster richtete.

Noch hatte sich draußen nichts getan, und Josie beendete ihre erste Spielrunde mit einem Sieg. Danach gewannen Juju, noch einmal Josie und daraufhin Chris. Endlich ertönte das Scharren der Schneeschaufel unmittelbar unter dem Fenster, die Schneemauer neigte sich zur rechten Seite – und war verschwunden.

Josie warf ihre Karten auf den Tisch und wischte mit dem Ärmel über die beschlagene Scheibe, bis die Sicht ganz klar wurde. Das Fenster lag nicht zum Hütteneingang hinaus, sondern in der seitlichen Hüttenwand. Josie konnte so die ganze Almwiese überblicken: bis hinüber zum Rand der Tannengruppe und nach unten bis dahin, wo sie die weiße Schneefläche und den grauen Himmel nicht mehr voneinander unterscheiden konnte. Aber, und das war die Hauptsache: Tobias' grasgrünes Schneemobil mit den orangefarbenen Blitzen würde sie sofort erkennen, wenn es da unten am Ende der Wiese auftauchte!

Zunächst aber erkannte sie etwas anderes: „Es hat aufgehört zu schneien!", rief sie aus voller Kehle.

„Nein!" Auch Chris warf ihre Karten beiseite und beugte sich über Josie hinweg zum Fenster. Juju streckte seinen Kopf zwischen den Armen seiner Tante und Josie hindurch, um das Wunder zu bestaunen.

„Ja, es hat tatsächlich aufgehört, schon als ich vorhin hinausging!", bestätigte Hannes und stampfte vor der offenen Hüttentür den Schnee von seinen Stiefeln. „Sofern es dabei bleibt – und sicher bin ich mir da ganz und gar nicht bei den Wolken über uns – beginnen sie im Tal unten noch heute die Straßen zu räumen, aber ..."

„Aber nicht bis hinauf auf die Alm, vermute ich?", beendete Chris seinen Satz.

„So ist es. Und jetzt brauche ich etwas zu essen. Schneeschippen macht hungrig!", bemerkte er gut gelaunt. Die Aussicht, die Hütte in absehbarer Zeit wieder für sich allein zu haben, stimmte ihn ausgesprochen fröhlich, wenn auch ein winziger Stich von Bedauern, seinen Gästen Lebewohl zu sagen, dabei im Hintergrund lauerte.

„Esst ihr mit mir? Es ist fast Mittagszeit!", fügte er hinzu.

„Wer weiß, wie lange es noch dauert, bis Tobias es auf die Alm schafft. Möglicherweise wartet er erst noch das Mittagessen bei Sabrina ab, sie kocht auch wirklich zu gut!"

„Nein, das tut er nicht!" Josie schrie es fast. „Wie kannst du nur so etwas Fieses sagen? Tobias kommt, sobald es geht, das hat er uns fest versprochen!"

Josie kaute intensiv auf dem Ende eines ihrer Zöpfe, die Chris ihr morgens geflochten hatte, und blinzelte dabei heftig mit den Augen. Jeden Augenblick würde sie in Tränen ausbrechen. Chris hatte es geahnt, war doch auch Josies Streitsucht ein Anzeichen dafür gewesen: Irgendwann musste die Anspannung der letzten Tage auch bei den Zwillingen ans Tageslicht kommen. Irgendwann mussten sich die Strapazen ihrer Wanderung durch den Schneesturm bemerkbar machen, und genau jetzt war es so weit. Juju schossen allein beim Anblick seiner Schwester die Tränen in die Augen. Er stützte seine Arme auf den Tisch, verbarg seinen Kopf darin und schluchzte laut.

*Das war's also mit meinem Vorsatz, den Kindern einen schönen Heiligabend zu bereiten!*, dachte Chris und durchforstete vergeblich ihr Gehirn nach einer aufmunternden Bemerkung.

Bestürzt beobachtete Hannes, was er mit seiner durchaus nicht böse gemeinten Bemerkung angerichtet hatte, als plötzlich ein bekanntes und dennoch lange nicht mehr vernommenes Geräusch das Schluchzen der Zwillinge übertönte: Das tiefe Röhren eines PS-starken Traktormotors.

„Was zum Donnerwetter …“, entfuhr es ihm, während er bereits die Tür öffnete und bergab starrte. Er konnte kaum glauben, was er da zu sehen bekam. Mit Schneeketten an den fast mannshohen Reifen kämpfte sich der stärkste Traktor seines Hofes den Berg hinan, in der Fahrerkabine …

„Tobias! Ich habe es doch gewusst!“, rief Josie, die sich zwischen Hannes' Beinen hindurchgezwängt hatte, sowie der Lärm in die Hütte gedrungen war.

„Wo?“ Juju trocknete seine Tränen mit dem Pulloverärmel und drängte sich neben seine Schwester. Nun erkannte auch er den Traktor mit Tobias in seiner blauen Daunenjacke am Steuer und zwei anderen Erwachsenen, die sich auf der seitlichen Sitzbank zusammendrängten. Einer davon trug dieselbe Fellkapuze, die auch Mama an ihrem Wintermantel hatte, und winkte ihnen schon von Weitem zu. Da wusste Juju Bescheid.

„Mama!“, rief er in den höchsten Tönen, und gleichzeitig quiekte Josie: „Papa!“

Dann brach Juju noch einmal in Tränen aus, diesmal vor Freude.

# *Kapitel 20*

*Heiligabend*

Sowie ihre Eltern vom Traktor gestiegen waren, stürzten sich die Zwillinge auf sie, und für eine Weile war nichts weiter von der Familie zu sehen als ein einziges, wirres Knäuel aus Armen, Beinen, Köpfen und einem Babybauch. Mindestens ebenso wirr waren auch die Worte und Satzfetzen, die aus diesem Menschenknäuel zu hören waren: „Oh Mama, ich hab dich so vermisst!" – „Und ich euch noch viel mehr, meine beiden kleinen …" – „Dann machte es auf einmal Rums, und wir konnten nicht …" – „… unsere Zehen im Wasser aufgetaut …" – „Das kleine Kamel ganz oben auf der Spitze …"

Schließlich wickelte sich Papa Stephan aus dem Knäuel und bemerkte lachend: „Kinder, Kinder, das ist ja die reinste Räubergeschichte! Trotzdem würde ich vorschlagen, dass wir jetzt, wo wir endlich wieder miteinander vereint sind, erst mal ins Warme gehen und dann alles der Reihe nach erzählen. Mama sollte sich besser auch wieder setzen und ausruhen nach der ganzen Aufregung!“

„Aber sicher, immer herein in die gute Stube!“ Großzügig hielt Tobias die Tür der väterlichen Almhütte für die Gäste offen, und ehe er sich versah, blieb Hannes alleine davor zurück. Vollkommen überrumpelt machte er sich daran, erst einmal den Traktor zu parken und sorgsam mit einer Plane abzudecken – nur für den Fall, dass es erneut zu schneien begänne, ehe Tobias wieder ins Tal fahren wollte. Noch mehr Übernachtungsgäste konnte er unmöglich beherbergen!

Schon jetzt war seine Hütte überfüllter als jeder Berggasthof in der Skisaison, wie er feststellte, als er seine Stube wieder betrat. Auf der Eckbank hatten der Vater, Tobias, die Zwillinge und ihre Tante Chris gerade eben Platz gefunden, während die Mutter mit deutlich erkennbarem Babybauch auf dem einzigen Stuhl in der Hütte thronte und dabei fast an den Weihnachtsbaum stieß.

„Also haben wir sofort nach Tobias Sonners Anruf gestern Abend das Auto beladen – die Koffer hatten wir ja längst gepackt – und anschließend noch ein paar Stunden geschlafen. Heute Morgen sind wir um vier Uhr losgefahren und dank der freien Straßen gegen Mittag auf dem Sonner-Hof im Tal angekommen!“, berichtete der Vater eben. Tobias fügte hinzu: „Wo ich eure Eltern umgehend in den Traktor verfrachtet habe, und – tataa – schon sind sie hier!“

„Das hast du wirklich toll gemacht!“ Vollkommen im Einklang mit sich und der Welt schmiegte sich Josie, die zwischen ihrem Vater und Tobias saß, an ihren neuen Freund. Sie hatte doch gewusst, dass man sich auf ihn verlassen konnte! Dass er aber sogar ihre Eltern noch rechtzeitig vor Weihnachten hierherbrachte, hatte nicht einmal sie erwartet.

„Finde ich auch!“, stimmte Juju ihr eifrig zu, und Chris nickte: „Eine großartige Idee!“

Dankbar sah sie über den Tisch hinweg zu Tobias und gewahrte dabei auch Hannes, der sich am Ofen zu schaffen machte. Chris sprang auf.

„Bitte, setzen Sie sich doch, Hannes!“ Sie deutete auf den frei gewordenen Platz an Jujus Seite. „Wir wollen Ihnen wahrhaftig nicht in Ihrem eigenen Heim den Platz streitig machen!“

„Passt schon, ich hab ohnehin zu tun!“ Um keinen Zweifel an seinen Worten aufkommen zu lassen, legte Hannes das letzte Holzscheit aus der Kiste aufs Feuer und machte sich daran, Nachschub zu holen.

„Wir wollen Ihnen auch gar nicht länger zur Last fallen!“ Linda strich sanft über ihren Bauch, erhob sich ächzend und stützte mit einer Hand ihren Rücken. „Ich denke, ich bin ausgeruht genug, wieder ins Tal zu fahren, und Sie haben wahrhaftig mehr als genug damit getan, die Zwillinge und Chris so lange zu beherbergen!“

„Aber ihr könnt doch jetzt nicht schon wieder gehen!", rief Josie entrüstet, „wo ihr gerade erst angekommen seid!"

„Nun, wir gehen ja auch nicht ohne euch, mein Schatz, wo denkst du hin!", grinste Papa und erhob sich vom Tisch. „Wir wollen schließlich heute noch zusammen Weihnachten feiern!"

„Aber", legte diesmal Juju Widerspruch ein, „wir *können* noch nicht gehen – nicht, Josie? Tante Chrissi? Das hier, die Almhütte, ist doch unsere Herberge für Weihnachten, die wir in dunkler Nacht gefunden haben, mit Hannes als unserem freundlichen Herbergswirt. Mit unserem selbst geschmückten Weihnachtsbaum direkt aus dem Wald und mit dem kleinen Kamel auf der Spitze, und …" Seine hohe Stimme verlor sich im Nachdenken, während sein Blick von ihren Strohsäcken in der Zimmerecke über den ganzen Raum, den Weihnachtsbaum, Hannes und Tobias wanderte und schließlich beschwörend an seinen Eltern hängen blieb. „Deshalb müssen wir alle zusammen genau hier Heiligabend feiern!"

Papa ging vor ihm in die Hocke und erklärte: „Du vergisst dabei nur eines, Juju: Du bist ein Gast unter Herrn Sonners Dach und kannst nicht einfach über alles verfügen, wie es dir gerade passt. Und dank Tobias gibt es nun die Möglichkeit, weiterzureisen, also …"

„Außerdem", fiel Mama ihm ins Wort, „warten alle eure Geschenke unten im Auto auf euch, und wenn wir jetzt gleich gemeinsam weiterfahren, bekommt ihr sie auch noch pünktlich zum Heiligen Abend. Bleiben wir aber noch eine Weile hier, gibt es heute überhaupt keine Bescherung mehr!"

„Das macht gar nichts! Am allerersten Heiligen Abend gab es auch nur Gold und Myhrrauch als Geschenke von den Weisen. Du sagst doch selbst immer, unsere Geschenke sind nicht das Wichtigste an Weihnachten, sondern die Liebe, die Gott uns in seinem Sohn geschenkt hat!" Juju verhedderte sich in seinen eigenen Worten, so aufgebracht war er. Wollte denn nicht einmal Mama verstehen, wie bedeutsam es für ihn war, den Heiligen Abend genau an diesem Ort zu feiern? Er schluckte und schluckte, und dennoch stieg ihm – schon wieder – eine erste Träne ins Auge.

„Nun …" Hilflos zuckte Linda die Schultern und über Jujus Kopf hinweg tauschten die Eltern und Chris ratlose Blicke, während Tobias denjenigen seines Vaters suchte. Hannes war der Einzige, der in dieser Lage ein erlösendes Wort sprechen konnte.

Hannes beugte sich tiefer und vor allem länger über seine geöffnete Ofenklappe als nötig. Hatte er in den letzten beiden Tagen nicht genug ertragen mit seinen „Gästen"? Wie kam der Bub nur auf den Gedanken, seine Geduld noch länger zu strapazieren – mit einer Weihnachtsfeier!

„Vater?", flüsterte Tobias und ging einen Schritt auf ihn zu. Hannes hob den Kopf, doch er blickte über Tobias hinweg und damit unmittelbar auf die Spitze des geschmückten Baumes. Unbeirrt wippte es hier auf seinem Zweig, das kleine Kamel, das das Licht des Lebens gefunden hatte, obwohl es eigentlich etwas vollkommen anderes gesucht hatte. Oder war es doch umgekehrt von dem Licht gefunden worden?

Zögernd richtete Hannes sich auf und bemerkte ebenso zögerlich: „An mir soll's nicht scheitern. Feiert meinethalben hier, wenn der Bub es sich so sehr wünscht. Nur solltet ihr zurück ins Tal fahren, ehe es stockfinst're Nacht ist!"

„Sind Sie sicher? Wir haben Sie bereits lange genug beansprucht!", warf Chris ein. Doch der Jubel der Zwillinge übertönte ihre Zweifel.

„Oh danke, danke, danke!", rief Josie aus, während Juju sich ein Herz fasste und seine Arme um Hannes' Hüfte legte, weil er nicht höher hinauflangte.

„Schon gut! Aber zuerst brauche ich etwas zu essen. Sabrina hat dir nicht zufällig noch einmal etwas mitgegeben, Tobias?" Behutsam löste Hannes Jujus Hände und musterte die Kiste, die er hinten auf dem Traktor gefunden hatte.

„Doch, das hat sie, und nicht zu knapp! Sogar ein Früchtekuchen ist dabei, soviel ich gesehen habe. Also: Lasst uns essen und fröhlich sein!" Tobias strahlte über sein ganzes braun gebranntes Gesicht, wuschelte Juju durchs Haar und zog spielerisch an Josies Zöpfen. Damit wich auch der letzte Rest gedrückter Stimmung aus dem Raum.

Während der Mahlzeit schmiedeten die Erwachsenen Pläne für die Bergung von Chris' Wagen, die allerdings erst nach den Feiertagen stattfinden würde, und für ihren Aufenthalt im Ferienhaus. Die Zwillinge hingegen konnten es kaum erwarten, endlich aufzustehen und „richtig“ zu feiern.

„Habt ihr jetzt endlich aufgegessen?“ Josie schob ihren Früchtekuchen-Nachtisch (der noch schrecklicher schmeckte als ein Kuchen voller von ihr verabscheuter Rosinen) beiseite und sprang auf. „Ich zünde schon einmal die Kerzen unter dem Baum an, ja?“

„Nein, das machen wir gemeinsam!“, bestimmte Papa. Endlich war es so weit: Geschirr und Essensreste wurden abgeräumt und alle – Papa und Mama, Josie und Juju, Chris und Tobias versammelten sich dicht vor dem Weihnachtsbaum. Nur Hannes kehrte an seinen Platz am Tisch zurück.

„Euer Baum ist wirklich wunderschön!“, bemerkte Mama zum wiederholten Mal, und Papa bestätigte: „Ja, er ist ganz einzigartig!“ Dann ging er auf die Knie, um gemeinsam mit Josie und Juju die Kerzen zu entzünden.

„Sie brennen!“, verkündete Juju zufrieden, und feierliches Schweigen breitete sich über die Gruppe.

Die Girlanden und hölzernen Sterne und Herzen schaukelten sacht, die Schleifen aus Alufolie raschelten kaum hörbar im Luftzug, während das kleine Kamel über allem wachte.

„Schade, dass es draußen noch Tag ist!“, bemerkte Josie. „Man kann das Kerzenlicht kaum sehen!“

„Aber du spürst seine Wärme, nicht wahr? Und wenn du

nur genau hinsiehst, kannst du auch erkennen, wie es sich in den silbernen Schleifen widerspiegelt. Da, siehst du?“ Papa war vor dem Baum in die Hocke gegangen, zog Josie zu sich heran und deutete auf eine von ihnen.

„Tatsächlich!“, staunte Josie.

In diesem Augenblick geschah etwas, womit niemand auch nur im Entferntesten gerechnet hatte: Zum ersten Mal seit Tagen drang die Sonne durch die Wolkendecke. Ihre Strahlen fielen durch das Fenster in der Essecke, wanderten über Tisch und Boden und trafen schließlich auf den Weihnachtsbaum. Mit einem Mal erstrahlte dieser in einem solchen Licht, dass alle geblendet die Augen schließen mussten.

Als Juju wieder hinsah, war sein Weihnachtsbaum nicht mehr wiederzuerkennen. Rot, blau und knallgelb leuchteten die Girlanden auf seinen Zweigen, die Zweige selbst waren glänzend und grün und die Schleifen erstrahlten in silbernem Schein. Vom Licht der Kerzen am Boden dagegen war nichts mehr zu sehen. Juju war sprachlos vor Staunen.

Mama Linda nicht. „Wisst ihr“, dachte sie laut, „genauso ist es, wenn Gottes Licht in unser Leben fällt. Mit einem Mal verblassen, nein, verschwinden unsere eigenen, selbst entzündeten Lichtquellen in ihm, und alles erstrahlt in reinstem Glanz. Genau das ist geschehen, als Jesus damals auf die Welt kam, und es geschieht noch heute in jedem Herzen und Leben, in das er eingeladen wird.“

„Du hast recht!“ Papas Stimme beendete schließlich das andächtige Schweigen, das ihren Worten gefolgt war. „Deshalb wollen wir uns gerade jetzt die Geschichte des allerersten Heiligen Abends ins Gedächtnis rufen.“

Er räusperte sich und zitierte:

*Es begab sich aber zu der Zeit, dass ein Gebot von dem Kaiser Augustus ausging, dass alle Welt geschätzt würde … Und jedermann ging, dass er sich schätzen ließe, ein jeder in seine Stadt. Da machte sich auf auch Josef aus Galiläa, aus der Stadt Nazareth, in das jüdische Land zur Stadt Davids, die da heißt Bethlehem …, damit er sich schätzen ließe mit Maria, seinem vertrauten Weibe, die war schwanger. Und als sie dort waren, kam die Zeit, dass sie gebären sollte. Und sie gebar ihren ersten Sohn und wickelte ihn in Windeln und legte ihn in eine Krippe, denn sie hatten sonst keinen Raum in der Herberge …*

# *Kapitel 21*

*Immer noch Heiligabend*

*Denn euch ist heute der Heiland geboren, welcher ist Christus, der Herr, in der Stadt Davids.*

Nachdem Papa die Weihnachtsgeschichte beendet hatte, stimmte Mama „Stille Nacht, Heilige Nacht“ an.

Anschließend wurde es noch einmal ganz still in der Almhütte.

Juju, der am Boden saß und mit dem Rücken an Mamas Beinen lehnte – Mama hatte sich ihren Stuhl an den Weihnachtsbaum herangezogen –, seufzte wohlig. Josie in Papas Arm beobachtete immer noch stumm, wie die Sonnenstrahlen allmählich verblassten und das sanfte Licht der Kerzen wieder sichtbar wurde.

„War das schön!“, stellte sie endlich fest, und damit schien der Bann auch für die Erwachsenen gebrochen. „Stimmt!“, bestätigte Papa, und Tobias erinnerte bedauernd: „Ich fürchte, es wird allmählich Zeit aufzubrechen, wenn wir nicht unterwegs von der Dunkelheit überrascht werden wollen!"

„Passen wir denn alle auf deinen Traktor?", erkundigte sich Josie gespannt.

„Naja", Tobias überlegte, „es wird vermutlich ein bisschen eng. Am besten teilen wir uns auf und ich fahre zweimal. Das könnten wir zeitlich gerade noch schaffen, vorausgesetzt, wir fahren sofort los!"

„Ich fahre mit Mama und Papa!", ertönten die Zwillinge mit einer Stimme, noch ehe Tobias die letzten Worte ausgesprochen hatte. Schließlich drängte sich die gesamte Familie auf den beiden Sitzbänken der Traktorkabine: Mama Linda auf der einen Seite und Papa Stephan mit den Kindern auf dem Schoss auf der anderen. Chris und der Koffer hingegen blieben zurück, um auf die zweite Fahrt ins Tal zu warten.

Unschlüssig sah Chris sich in der Hütte um, nachdem sie den anderen nachgewinkt und die Tür wieder hinter sich geschlossen hatte. Noch hing der Duft der Kerzen im Raum, die Hannes im Trubel des Aufbruchs gelöscht hatte. Der Weihnachtsbaum stand einsam und verlassen in seiner Ecke. Das heißt, nicht ganz: Hannes hatte sich wieder auf der Eckbank niedergelassen, sein Gesicht dem Baum zugewandt, und starrte schweigend vor sich hin.

Während der kleinen Feier hatte er sich kaum gerührt, geschweige denn gesprochen oder mitgesungen. Chris fragte sich, wohin seine Gedanken in der Stille gewandert sein mochten. Hatte er voll Wehmut an frühere Weihnachten gedacht, die er im Kreise seiner Familie – gemeinsam mit seiner Frau – gefeiert hatte? Hatte er sich, wie die Zwillinge und sie alle, an dem lichtüberfluteten Weihnachtsbaum und der andächtigen Atmosphäre erfreut – oder nur daran gedacht, was ihm später, sobald er die Hütte wieder für sich hatte, alles an Aufräumarbeiten bevorstand? Immerhin stapelte sich in der Spüle das Geschirr und in der Ecke lagen die Utensilien ihres Nachtlagers. Der Boden war bedeckt von Krümeln und der Baum nahm Hannes einen guten Teil seiner Bewegungsfreiheit.

„Ich beginne schon einmal mit dem Aufräumen, während ich warte!", beschloss Chris deshalb.

Doch Hannes erhob Einspruch: „Nein, tun Sie das nicht! Die Arbeit kann warten, es ist immer noch Heiliger Abend. Wenn Sie unbedingt etwas tun müssen, zünden Sie noch einmal die Kerzen an und setzen sich zu mir!"

Erstaunt fügte Chris sich seinem Willen und kurz darauf saßen die beiden gemeinsam am Tisch. Schweigend. Nachdem Chris für einen Augenblick gedacht und gehofft hatte, er wünschte ihre Gesellschaft am Tisch, um miteinander zu sprechen, sah sie sich gründlich getäuscht. Hannes blieb stumm. Ganz allmählich breitete sich die Dämmerung in der Almhütte aus. Das Kerzenlicht, die einzige Lichtquelle im Raum, flackerte und zuckte über Hannes' regloses Gesicht. Chris wünschte unwillkürlich, sie wäre nicht länger allein mit dem alten Mann. So dankbar sie ihm war für alles, was er mittlerweile für sie getan hatte – er wirkte einfach undurchschaubar, stets so ernst und streng. Ganz im Gegensatz zu seinem Sohn, dem immer ein Scherz auf den Lippen zu liegen schien und der mit seiner offenen Art die Herzen der Zwillinge im Sturm erobert hatte.

In tiefes Nachdenken versunken, starrte Chris in die Kerzenflammen. Sie vermisste Tobias. Seit nicht einmal zwei Tagen kannte sie ihn, und er hatte den Raum erst eine halbe Stunde zuvor verlassen. Dennoch vermisste sie ihn. Seine Scherze. Seine Geradlinigkeit. Seine körperliche Anwesenheit. Vorhin, in dem dichten Gedränge um den Weihnachtsbaum, hatte sie jede zufällige Berührung seiner Arme oder Hände gespürt und genossen. Mittlerweile konnte sie es kaum erwarten, dass er endlich zurückkehrte, um sie abzuholen.

Auch Tobias brannte darauf, wieder zur Alm und damit zu Chris zurückzukehren. Sowie er die Zwillinge und deren Eltern auf dem väterlichen Hof abgesetzt und Sabrinas Gastgeber-Fähigkeiten anvertraut hatte, brachte er den Traktor in die Scheune und schwang sich auf sein Schneemobil. Dieses besaß ein sehr starkes Licht. Auf seinen Kufen würde er die Fahrt auch bei Dunkelheit und eventuell wieder einsetzendem Schneefall sicher bewältigen, beteuerte er seinem Bruder auf dessen Nachfrage hin. Dass er eine Fahrt auf seinem Schneemobil darüber hinaus wesentlich romantischer fand als die auf einem Traktor, behielt Tobias allerdings für sich.

Trotz allem hatte er das Gefühl, die Fahrt zur Alm hätte nie zuvor so lange gedauert wie an diesem Heiligen Abend. Als er die Hütte erreichte, hatte tatsächlich bereits die Dunkelheit eingesetzt. Sein Vater und Chris saßen in dem nur vom Kerzenlicht erhellten Raum und betrachteten, beide in tiefes Nachdenken versunken, den Weihnachtsbaum. Sie sprangen sofort auf, als er eintrat.

„Du bist mit deinem Schlitten gekommen?", stellte Hannes fragend fest.

„Richtig. Mit ihm komme ich auch bei Dunkelheit bestens zurecht. Da wir ohnehin nur zu zweit sind, fand ich den Traktor überflüssig."

„Fahr trotzdem vorsichtig!", ermahnte Hannes. „Du hast eine wertvolle Fracht!" Für einen Augenblick verschwand er in seiner Schlafstube und überreichte Chris, als er wiederkam, seine Schneehose und die dicken Handschuhe, die sie schon einmal getragen hatte. „Das werden Sie brauchen. Jetzt, wo's immer mehr aufklart, könnte es noch ein ganzes Stück kälter werden!"

Gehorsam schlüpfte Chris in Hannes' Hose, ihre Jacke, Mütze und die Handschuhe und trat zu den beiden Männern vor die Hüttentür. Hannes hatte recht mit seiner Wetteranalyse: Die Wolken, die mittags noch zum Greifen nahe über der Almwiese gehangen hatten, bildeten nur noch einen schmalen Streifen am Horizont. Am klaren Nachthimmel blinkte der Polarstern und die Luft war eisig.

„Können wir los?", wandte Tobias sich an sie und Chris nickte: „Sofort, nachdem ich mich verabschiedet habe!" Sie streckte Hannes ihre Hand entgegen, die dieser tatsächlich ergriff, und erklärte: „Auf Wiedersehen, Hannes. Ich kann Ihnen gar nicht genug danken für alles, was Sie für uns getan haben! Josie, Juju und ich wären in der Tat verloren gewesen ohne Sie und Ihre Gastfreundschaft, also …"

„Schon recht!", unterbrach Hannes, drückte kurz und kräftig ihre Hand und ließ sie rasch wieder los. „Macht jetzt lieber, dass ihr ins Tal hinunterkommt, statt lange Abschiedsreden zu halten! Gute Fahrt!"

Damit kehrte er ihnen den Rücken zu und stapfte zurück in die Almhütte. Die Worte von Tobias: „Wir sehen uns morgen, Vater, ich komme vormittags herauf!" schien er ganz zu überhören.

Seufzend blickte Tobias ihm nach. Chris bemerkte: „Dein Vater ist wirklich nicht leicht zu durchschauen. Denkst du, unsere kleine Weihnachtsfeier vorhin hat ihn sehr gestört? Er hat keine drei Sätze mehr gesprochen, nachdem ihr fort wart!"

„Schwer zu sagen! Er war schon immer der schweigsame Typ, und nach Mutters Tod …" Tobias schwieg vielsagend. Aber nur einen Augenblick, ehe er feststellte: „Ich habe die Feier jedenfalls genossen. Allein der Augenblick, als die Sonne herauskam und unseren Baum beleuchtete, war unbeschreiblich! Und ehrlich gesagt, fände ich es sehr schade, wenn wir diesen herrlichen Abend jetzt schon beendeten, indem ich dich einfach bei deiner Familie abliefere. Wie wäre es vorher mit einem kleinen Abstecher?“

„Einem Abstecher? Was meinst du damit?“ Chris’ Herz schlug spürbar gegen ihre Rippen bei der Verheißung, einige Minuten mehr in Tobias’ Gesellschaft zu verbringen.

„Einen kleinen Umweg hinüber zum Aussichtspunkt, wo wir neulich telefoniert haben, meine ich. An einem Abend wie diesem“, er deutete auf den klaren Himmel, „ist der Ausblick mit Sicherheit großartig!“

„Okay, dann also los!“ Chris bemühte sich vergeblich, ihre Aufregung zu unterdrücken. Voller Vorfreude nahm sie ihren Platz auf dem Schneemobil ein, schlang ihre Arme um Tobias’ Taille und genoss die rasante Fahrt diesmal tatsächlich.

Nur wenig später hatten sie ihr Ziel erreicht. Tobias stellte sein Fahrzeug ab, half Chris aus ihrem Helm und griff nach ihrer Hand.

„Komm!“, sagte er, und Chris folgte willig. Trotz ihres dicken Fausthandschuhs spürte sie Tobias’ Körperwärme und den sanften Druck seiner Finger um ihre. Sie genoss jeden Meter des Weges, den sie auf diese Weise gemeinsam zurücklegten. Leider waren sie bereits nach wenigen Schritten an der Aussichtsstelle angelangt.

„Im Sommer stehen hier eine Bank und ein Panoramafernrohr!“, erläuterte Tobias, ohne ihre Hand aus seiner zu entlassen. „Aber das brauchen wir heute gar nicht. Sieh nur!“

Mit seiner freien Hand deutete er in die Runde, und Chris richtete fasziniert ihre Aufmerksamkeit in die Ferne. Als winziges, schmales Band hingen die letzten Wolken über den felsigen Berggipfeln. Neben dem einzelnen Stern am Abendhimmel blinkten nun unzählige andere, deren Vorhandensein man in der Stadt nur erahnen, aber niemals erkennen konnte. Soeben schob sich der Mond über den Berggipfel in ihrem Rücken. Kaltes, silbernes Licht beleuchtete die steilen Hänge vor ihnen, ließ den Schnee erstrahlen wie ein Meer aus reinem Bergkristall. Noch reichte das Mondlicht nicht bis in das Tal zu ihren Füßen, doch auch von dort schimmerten schwache, von Menschenhand entzündete Lichter bis zu Chris und Tobias herauf.

Noch während die beiden staunend den Anblick in sich aufnahmen, gesellte sich zu den Lichtern aus dem Tal der Klang von Kirchenglocken. Kräftige Harmonien, in vielfachem Echo zurückgeworfen von den Berghängen ringsum, verkündeten der Welt den Heiligen Abend. Sie verkündeten die Liebe Gottes für eine in die Irre gegangene Menschheit: die Ankunft seines Sohnes Jesus.

Als der letzte Glockenton verhallt war, wischte Chris verstohlen eine Träne aus ihrem Augenwinkel. „Ich wusste gar nicht, wie schön es hier in den Bergen sein kann, besonders an einem Abend wie diesem. Am liebsten möchte man niemals wieder von hier fortgehen, nicht?", flüsterte sie.

„Dann tu es auch nicht!", raunte Tobias nahe an ihrem Ohr. „Oder, wenn du denn unbedingt gehen musst, komm wieder! Unsere gemeinsame Zeit hier war viel zu kurz, Chris. Ich möchte gern, dass wir uns näher kennenlernen! Du auch?"

Stumm nickte Chris und Tobias blickte tief in ihre dunklen Augen, in denen sich silbern das Mondlicht spiegelte.

# *Kapitel 22*

*Erster Weihnachtstag*

Juju schlug die Augen auf und blickte verwirrt um sich: Unter ihm raschelte kein Stroh, das ihn nachts am Rücken gekitzelt hatte. Und über ihm befanden sich nicht die dicken Balken der Almhüttendecke, sondern die Unterseite eines Bettes mit gestreifter Matratze.

„Josie, Tante Chrissi?“, murmelte er in das schwache Tageslicht hinein, aber niemand antwortete. Da erinnerte sich Juju. Sie hatten die Almhütte verlassen und waren alle noch gestern Abend, nachdem Tobias seine Tante auf dem Bauernhof im Tal abgeliefert hatte, bis zu ihrem Ferienhaus weitergefahren. Die Fahrt hatte nur eben so lange gedauert, bis Josie zum ersten Mal „Wann sind wir endlich da, Mama?“ gefragt hatte, sodass es noch gar nicht so spät am Abend war. Trotzdem hatte Papa seine Familie sofort zu Bett geschickt.

„Tante Chris und ich haben noch viel vorzubereiten, wenn

wir morgen richtig schön Bescherung feiern wollen", hatte er gesagt, „und dabei können wir weder zwei neugierige Zuschauer brauchen noch eine gewisse Person mit großem Bauchumfang, die heute schon viel zu lange auf den Beinen war!" Mit der gewissen Person hatte er natürlich Mama gemeint, die über Papas Bemerkung gelacht und sich gleich mit den Zwillingen ins Badezimmer zurückgezogen hatte, um sie bettfertig zu machen.

Josies und Jujus Ferienhaus-Schlafzimmer besaß ein Etagenbett, und Josie hatte gleich voller Begeisterung die Leiter zum oberen Bett erklommen. Deshalb also blickte Juju nun von unten auf eine Matratze.

„Josie, bist du wach?", flüsterte er noch einmal, erhielt aber immer noch keine Antwort. Manchmal war Josie eine echte Langschläferin. Juju dagegen hatte keine Lust mehr zu schlafen. Es war Weihnachtsmorgen!

„Josie, wach auf!" Er streckte sein Bein unter der Decke hervor und stieß mit dem Fuß gegen die Matratze über sich. Erst ganz sachte, dann mit etwas mehr Schwung, und endlich wirkte es.

„Was ist denn los?" Josies Frage klang ein wenig undeutlich wie immer, wenn sie ihr Schnuffeltuch übers Gesicht gezogen hatte.

„Heute ist Weihnachten – *das* ist los!", freute sich Juju. „Und zwar mit Bescherung!"

„Ja, stimmt!“ Endlich war Josie richtig wach. „Aber sieh mal, es ist noch gar nicht ganz hell und bestimmt schläft Mama heute lange. Wir sollten auch noch ein wenig liegen bleiben!“

„Na schön, dann komme ich eben zu dir!“ Juju kletterte die Leiter zum oberen Bett empor und schlüpfte zu Josie unter die Decke. „So können wir ein bisschen reden!“

„Phh!“ Josie schnaubte. Musste Juju ausgerechnet heute, wo sie endlich wieder in einem bequemen Bett schlafen konnte, so ungewöhnlich gesprächig sein? Nun nahm er auch noch ihr Schnuffeltuch, knäuelte es zu einem festen Bündel und begann, es zur Decke zu werfen, wieder aufzufangen, wieder in die Höhe zu werfen – und diesmal landete es in ihrem Gesicht statt in seinen Händen!

„Na warte!“, knurrte sie unwillig, wischte das Tuch von ihrem Gesicht und musste dann doch lachen: Ihr Bruder hatte ganz recht, am Weihnachtsmorgen konnte man unmöglich still im Bett liegen bleiben und faulenzen. Obendrein an einem Weihnachtsmorgen wie diesem!

„Ich kann es immer noch nicht glauben, dass Papa sagte, wir bekommen unsere Geschenke heute gleich nach dem Aufstehen!“, seufzte sie träumerisch.

„Genau wie die Kinder in England und Amerika! Aber wir wissen, dass es nicht Santa Claus ist, der sie uns bringt!“, ergänzte Juju.

„Ja – stell dir nur mal vor, wie der bei Hannes auf der Alm

im Ofenrohr stecken bleiben würde mit seinem dicken Bauch!" Josie kicherte ausgelassen, dann nahm sie diesmal selbst ihr Schnuffeltuch und warf es ihrem Bruder an den Kopf. Juju überlegte nicht lange. Er griff nach Josies Kissen und warf zurück, und schon war die schönste Kissenschlacht im Gange.

„Na na, was ist denn das für ein Benehmen am Weihnachtsmorgen?", unterbrach schließlich Papa das Getöse. Seine Stimme klang streng, doch er lachte übers ganze Gesicht, während er den Kopf zur Zimmertür hereinsteckte. Prompt flog das nächste Kissen in seine Richtung, begleitet von Josies übermütigem Gekicher.

„Oha! Mir scheint", Papa hob das Kissen auf und beförderte es zurück ins Bett, „es ist Zeit, diese kleinen Ungeheuer aus ihrem Gefängnis zu befreien – oder wie denkst du darüber, Mama? Wollen wir die beiden jetzt ins Weihnachtszimmer lassen?"

Er trat zur Seite und hinter ihm wurde Mama sichtbar. In ihrem weißen Morgenmantel mit den rosa Sternen, aus dem vorn der Bauch hervorlugte, und mit völlig zerzaustem Haar sah sie aus, als wäre sie gerade erst aufgewacht. Trotzdem antwortete sie munter: „Aber sicher – ich denke, sie haben lange genug darauf gewartet!"

„Juhu! Fang mich auf, Papa!" Über das obere Brett des Etagenbettes hinweg ließ Josie sich in Papas Arme fallen, während Juju vorsichtig die Leiter hinabstieg und an Mamas Seite ins Wohnzimmer des Ferienhauses lief.

Chris wartete bereits auf sie. Neben ihr auf dem Couchtisch standen die vollständige Playmobilkrippe von zu Hause und dahinter eine Blumenvase mit einem buschigen grünen Tannenzweig darin. Geschmückt war der Zweig mit ein paar glänzenden Kugeln und Kerzen, die Mama ebenfalls von daheim mitgebracht hatte.

„Um einen ganzen Baum zu besorgen, hatten wir leider keine Zeit mehr“, erklärte Chris, „deshalb gibt es dieses Jahr eben einen schönen Weihnachtszweig.“

„Macht nichts …“, begann Josie großzügig, und Juju fuhr fort. „… unseren Weihnachtsbaum hatten wir ja schon gestern, und der war sowieso der schönste!“

„Richtig!“, bestätigte Mama. „Wir alle gemeinsam hatten gestern bereits ein wunderschönes Weihnachtsfest, sodass wir heute im Grunde nur den zweiten Teil davon feiern. Also lasst uns noch einmal ein Lied singen und dann …“

Sie zeigte auf die Päckchen mit dem bunten Geschenkpapier, die um den Wohnzimmertisch verteilt lagen, und die die Zwillinge bereits erwartungsvoll beäugt hatten.

Bald darauf erfüllten das Rascheln von Geschenkpapier und begeisterte Ausrufe den Raum, während sich die Erwachsenen an dem Glück der Kinder und einer ersten Tasse Kaffee zu den Weihnachtsplätzchen erfreuten.

In Josies letztem Päckchen war ein mit bunten Ponys bedrucktes Couponheft für die ersten Reitstunden, die sie sich schon so lange gewünscht hatte. Sprachlos vor Freude warf sie sich in Mamas Arme und bemerkte nicht einmal, wie das Baby im Bauch energisch nach ihr trat. Auch Juju, bisher ganz in die Betrachtung seines großen Lego-Baggers versunken, erhob sich und umarmte der Reihe nach seine Eltern und Tante Chris. „Danke, danke, danke!", sprudelte er dabei hervor. „Aber mein Geschenk habt ihr beide doch noch gar nicht bekommen!", bemerkte Chris, als Juju bei ihr angelangt war. „Es ist noch in meinem Wagen und ich fürchte, ich kann es euch erst nach den Feiertagen überreichen!"

„Oh!" Josie legte den Gutschein neben den Plätzchenteller und horchte auf. „Verrätst du uns dann wenigstens schon mal, was es ist? Dann können wir uns noch viel doller darauf freuen, nicht, Juju?"

Doch Tante Chrissi musste nicht überredet werden, sondern meinte bereitwillig: „Na schön. Es ist ein Buch mit vielen verschiedenen Geschichten, die ich ganz speziell für euch geschrieben habe und in denen ihr beide die Hauptpersonen seid!"

„Ehrlich?", staunte Juju, und Josie vergewisserte sich: „Ein richtiges Buch, aus dem man vorlesen kann und das von uns handelt?"

„Ein richtiges Buch zum Vorlesen, und es handelt von euch!", bestätigte Chris.

„Oh Chris, was für eine geniale Idee!", rief auch Linda

begeistert. Stephan scherzte: „Ich hoffe, du hast hinten in deinem Buch noch ein paar Seiten freigelassen!"

Verständnislos starrte ihn die ganze Familie an, sodass er erläuterte: „Na, für die Geschichte, wie Josie, Juju und ihre liebe Tante sich im Schneesturm verirrten, in einer Almhütte auf Strohsäcken schliefen, einen nicht mehr ganz jungen Bergbauern dazu brachten, ein Weihnachtskamel zu schnitzen und einen noch jungen, den passenden Weihnachtsbaum dafür zu fällen! Bis hin zu dem glücklichen Ende, als der junge Mann sich in eine der tragischen Heldinnen der Geschichte verliebt …"

„Stephan!" Mit diesem entrüsteten Aufschrei stürzte sich Chris auf ihren Schwager und hielt ihm den Mund zu. Hatte der Kerl tatsächlich gesehen, wie sie und Tobias gestern Abend Hand in Hand über den Hof geschlendert waren?! Linda musterte Chris ein wenig ungläubig von der Seite, dann strahlte sie von einem Ohr bis zum anderen: „Oh Schäfchen, das ist ja großartig!"

„Oh ja, das ist die beste Geschichte von allen!" Josie beachtete die Erwachsenen kaum. „Und ich weiß auch schon, wie sie heißen soll: *Die Geschichte von Josie und Juju, die auszogen, um in den Bergen Weihnachten zu feiern und dabei nicht nur viele Geschenke, sondern auch neue Freunde fanden.*"

„Nein!", widersprach Juju. „Sie sollte heißen: *Die Geschichte von Josie und Juju, die auszogen, um in den Bergen Weihnachten zu feiern und dabei im tiefsten Schnee die beste Herberge und den besten Weihnachtstannenbaum fanden, den es jemals gab.*"

Trotz des tollen Legobaggers fand Juju nämlich, dass diese beiden anderen Geschenke, die Herberge und der Weihnachtsbaum, das Allerbeste an ihrem Weihnachtsfest waren.

„Danke, lieber Gott", murmelte er leise und sah versonnen zum Fenster hinaus in die tief verschneite Weihnachtslandschaft.

Erst Papas Ausruf: „Na, wer hat Lust auf eine Rodelpartie gleich nach dem Frühstück?", holte ihn aus seinen Gedanken zurück. Juju rappelte sich auf und lief mit Josie um die Wette zum gedeckten Frühstückstisch hinüber.

# *Kapitel 23*

*25. Dezember*

Wie gerädert erhob sich Hannes an diesem Morgen aus seinem Bett. Da hatte er gedacht, dass er heute Nacht, endlich wieder allein in der Hütte, seine wohlverdiente Ruhe finden würde. Stattdessen aber lag er stundenlang wach. Und nahezu jedes Mal, wenn er doch einschlief, war er wieder aufgeschreckt. Er glaubte, ein Murmeln und Kichern aus der Stube zu hören und sah selbst hinter geschlossenen Lidern den Weihnachtsbaum vor sich: übergossen von strahlendem Sonnenlicht, das auch die Gesichter seiner Gäste zum Leuchten gebracht hatte …

Hannes wankte ins Nebenzimmer, schürte das Feuer und kochte sich einen Kaffee in der Hoffnung, damit der dumpfen Benommenheit in seinem Kopf Herr zu werden. Unmöglich konnte er den ganzen Tag in diesem Zustand verbringen.

Vom Esstisch aus wanderte sein Blick über die komplette

Stube. Vielleicht war die vertraute Kargheit seiner „Einsiedlerklause“ in der Lage, ihm wieder Bodenhaftung zu verleihen und ihn in die Realität des Alltags zurückzubefördern. Die meisten Spuren seiner Gäste hatte er bereits am vergangenen Abend beseitigt, nachdem sich auch Chris und Tobias auf den Weg gemacht hatten und er aus der melancholischen Stimmung erwacht war, die ihn zugegebenermaßen während der kleinen Feier erfasst hatte. Eigentlich wollte er ihr nicht weiter auf den Grund gehen. Das Geschirr hatte Hannes gespült und die Essensreste im Stall kühl gestellt, die Strohmatratzen samt Decken waren aus der Zimmerecke verschwunden. Lediglich der Weihnachtsbaum stand noch da.

Wie ein übermächtiger Magnet zog dieses Zeugnis des vergangenen Abends Hannes' Blick schon wieder auf sich. In seinem Inneren erklangen Jujus Worte: „Das hier, die Almhütte, ist doch unsere Herberge für Weihnachten, die wir in dunkler Nacht gefunden haben: mit Hannes als unserem freundlichen Herbergswirt, mit unserem selbst geschmückten Weihnachtsbaum direkt aus dem Wald und mit dem kleinen Kamel auf der Spitze, und …“

Wie am vergangenen Abend fuhr sich Hannes bei den Begriffen „Herberge“ und „freundlicher Herbergswirt“ nervös mit der Zungenspitze über die Unterlippe. *Er* als freundlicher Herbergswirt? Im Grunde glich er doch viel eher den unbarmherzigen Wirten aus der Weihnachtsgeschichte, die eine Frau in den Wehen von ihrer Tür gewiesen hatten. Er stellte seine Hütte nur deshalb zur Verfügung, weil der Schneesturm ihn dazu gezwungen hatte! Obendrein hielt er die Menschen, die sich am Kommen des Lichtes erfreuten, für dumm. Genau wie dieses lästige kleine Kamel da oben auf dem Baum. Er hatte sie, so wie das Licht des Gottessohnes selbst, aus seinem Leben ausgesperrt.

Und dennoch hatte das Licht ihn gefunden – hier oben auf seiner einsamen Alm! Es hatte ihn gefunden in Gestalt dreier schneeverwehter Menschen, der Geschichte eines kleinen Kamels und eines vom Sonnenlicht übergossenen Weihnachtsbaums.

Ein letztes Mal fuhr Hannes' Zungenspitze über seine Lippen, dann senkte er reumütig den Kopf und ergab sich dem beharrlichen Licht der Liebe Gottes. Er streckte seine Waffen der Abwehr, seines hartnäckigen „Sich-alle-Mitmenschen-vom-Leib-Haltens" und der mühsam aufrechterhaltenen Gleichgültigkeit. Neben der Eckbank fiel er auf die Knie. Er formte lautlos Worte des Dankes an Jesus, dessen Liebe ihm trotz allen Widerstrebens nachgegangen war, bis er sich endlich von ihr finden und sie in sein Leben einziehen ließ.

Als Hannes sich nach etlichen Minuten von den Knien erhob, war sein Herz so leicht wie seit Jahren nicht mehr. Sämtliche Anklagen in seinem Kopf waren verstummt. Das verstörende Bild des Weihnachtsbaumes im Sonnenlicht verwandelte sich in eines voller Frieden und Ruhe. Kurzum: Sein Kopf war wieder vollkommen klar. So klar, dass er genau wusste, wie sein nächster Schritt nun aussehen würde.

Hannes rückte seinen Stuhl vor den Weihnachtsbaum, stieg hinauf und löste behutsam die Kamelfigur von der Spitze. Den Baum selbst konnte er wohl schlecht als Andenken an diesen Moment seiner Wandlung mitnehmen, aber sein kleines Schnitzwerk. Zusammen mit den restlichen Lebensmitteln packte er es in seine Reisetasche und trat vor die Hüttentür, um nach Tobias Ausschau zu halten. Er würde mit ihm auf dem Schneemobil ins Tal zurückkehren, da sein altersschwacher Traktor den momentanen Straßenverhältnissen nicht mehr gewachsen war.

Draußen war es klirrend kalt. Der Schnee knirschte unter Hannes' Füßen und sein Atem stieg so weiß und kerzengerade in die Höhe wie der Rauch aus dem Hüttenschornstein. Die Almwiese lag im bläulichen Schatten des Berges hinter ihm und aus dem Tal hörte man die Glocken der Morgenmesse. Hannes lauschte andächtig. Weihnachten hatte wieder eine Bedeutung für ihn!

Als das Echo des letzten Glockenschlages verklungen war, zog er sich noch einmal in die Hütte zurück. Tobias würde mit Sicherheit erst nach dem Gottesdienst aufbrechen, folglich wartete Hannes besser im Warmen auf sein Kommen – und genoss die letzten Augenblicke der Stille.

# *Epilog*

Und wie so oft im Leben, endet auch diese Geschichte – die mit einer Reihe scheinbarer Nichtigkeiten begonnen hatte – nicht mit einem endgültigen Schlusspunkt, sondern mit einem vielversprechenden Doppelpunkt:

Jujus Gebet um eine „Herberge“ – jenes Wort, im kindlichen Gottvertrauen dahingesagt, ohne ihm jedoch weitreichende Bedeutung zuzumessen – war für ihn und seine ganze Familie schließlich zur Rettung und zum Segen geworden. Aber damit nicht genug. Diese Segenslinie zog sich weiter, bis zu den Bewohnern des Sonner-Hofes, zu denen Jujus Familie im darauffolgenden Sommer, als das Läuten der Kuhglocken von den Almen ins Tal hinabdrang, zurückkehrte. Hannes, Tobias, Sabrina und ihr Mann Florian waren für sie zu Freunden geworden, zu denen sie auch über die große Entfernung hinweg weiterhin engen Kontakt hielten.

Die Klänge jenes uralten Liedes, die vom Weihnachtsmarkt der Großstadt bis hinauf in Chris‘ kleine Wohnung gedrungen waren und sie aus ihrer behaglich eingerichteten Schutzzone gelockt hatten, hatten den Blick der jungen Frau geweitet und ihr Herz und ihr Leben für Neues geöffnet. Das folgende Weihnachtsfest verbrachte Chris im Kreis der Sonner-Familie – und in der Silvesternacht, als die Raketen in den Nachthimmel aufstiegen und funkelnde, glitzernde Sterne ins Tal hinabregneten, willigte sie überglücklich ein, Tobias' Frau zu werden.

Die Lichterkette aber, die Hannes' Schwiegertochter Sabrina ohne jeglichen Hintergedanken vor Weihnachten im Hauseingang befestigt hatte, war zum ersten Glied jener Kette von Ereignissen geworden, die Hannes' wundes Herz heilten. Ja, die Lichterkette war es gewesen, die ihn hinauf auf die Alm getrieben hatte, dahin, wo er endlich Ruhe vor seinen Mitmenschen finden wollte. Auf diese Weise war er schließlich zum „Herbergswirt" geworden; und dort oben in der verschneiten Hütte hatte ihn das Licht des Lebens, vor dem er doch geflohen war, gefunden und erfüllte ihn seitdem mit Frieden und Freude – ganz besonders mit einer tiefen Freude an seiner Familie.

Zu guter Letzt sei noch erwähnt: An dem Tag, als Hannes von der Almhütte auf den Hof zurückkehrte, platzierte er das kleine, geschnitzte Kamel unmittelbar neben dem Foto von Rosi auf seinem Nachttisch, wo es ihn täglich an dieses einschneidende Erlebnis erinnerte. Und gelegentlich, wenn Hannes sich im Getriebe des bäuerlichen Alltags selbst fühlte wie ein kurzbeiniges, unnützes Kamel, tröstete es ihn mit der Erkenntnis, dass auch die Weisen aus dem Morgenland exakt dieses Tier auserwählt hatten, um Jesus entgegenzukommen und die Herrlichkeit Gottes zu sehen …

MIX
Papier aus verantwortungsvollen Quellen
FSC® C014496
FSC
www.fsc.org



1. Auflage 2018
Bestell-Nr. 817507
ISBN 978-3-95734-507-3

Umschlaggestaltung: Joanna Kielhorn
Umschlagfoto: Smit/Shutterstock
Satz: Vornehm Mediengestaltung, München
Druck und Verarbeitung: GGP Media GmbH, Pößneck
Printed in Germany
www.gerth.de